21世纪华语诗丛·第三辑

韩庆成／主编

U0459657

热爱与赞美

于元林　著

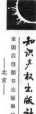

知识产权出版社

全国百佳图书出版单位

——北京——

图书在版编目（CIP）数据

热爱与赞美/于元林著. —北京：知识产权出版社，2020.9
（21 世纪华语诗丛/韩庆成主编. 第三辑）
ISBN 978 - 7 - 5130 - 7090 - 4

Ⅰ. ①热… Ⅱ. ①于… Ⅲ. ①诗集—中国—当代 Ⅳ. ①I227

中国版本图书馆 CIP 数据核字（2020）第 141333 号

责任编辑：兰　涛　　　　　　　　责任校对：谷　洋
封面设计：博华创意·张冀　　　　责任印制：刘译文

热爱与赞美

于元林　著

出版发行：知识产权出版社 有限责任公司	网　址：http://www.ipph.cn
社　址：北京市海淀区气象路 50 号院	邮　编：100081
责编电话：010 - 82000860 转 8325	责编邮箱：zhzhuang22@163.com
发行电话：010 - 82000860 转 8101/8102	发行传真：010 - 82000893/82005070/82000270
印　刷：三河市国英印务有限公司	经　销：各大网上书店、新华书店及相关专业书店
开　本：880mm×1230mm　1/32	印　张：4.75
版　次：2020 年 9 月第 1 版	印　次：2020 年 9 月第 1 次印刷
字　数：51 千字	全套定价：218.00 元（共十册）

ISBN 978 - 7 - 5130 - 7090 - 4

新世纪诗歌的一份果实

赵金钟

基于今天的语境，我们似乎可以下如此断语：网络引领了21世纪的诗歌。毫不夸张地说，当下最强劲的诗歌"潮流"是网络诗歌。它凭着新媒体的优势，以一种新的审美追求，猛烈袭击着纸媒诗歌，对传统诗学提出了挑战。所以，我们讨论新世纪诗歌，无论如何也绕不开网络诗歌。网络诗歌给新诗创作带来了新的元素。与此同时，由于其临屏书写的自由，又给网络诗歌自身，进而给整个诗歌创作带来了新的问题。这也是我们讨论新世纪诗歌必须参照的"坐标"。

一

进入21世纪以来，利用互联网进行创作或发表诗歌作品的现象十分活跃。学术界或网络界一般称这类诗歌为"网络诗歌"，也有人称之为"新媒体诗歌"（吴思敬）。它的出现给诗歌的创作与传播带来了深刻的影响，"在改变了诗歌传播方式的同时，也改变着诗人书写与思维的方式，并直接与间接地改变着当代诗歌的形态。"[1]它给诗坛带来的冲击力不啻为一次强力地震，令人目眩，甚至不知所措。赞成也好，不赞成也好，网络诗歌就不由分说地站在了我们面前，并改变着传统媒体诗歌业已形成的写作传统，直至形成了新的审美体系。韩庆成在《中国网络诗歌 20 年大系》的序言中认为，网络诗歌在诗歌载体、诗歌话语权、诗歌界限和标准、诗人主体、先锋诗人群体五个方面，对传统诗歌进行了"颠覆"。[2]

网络诗歌首先带来了诗歌写作的极端自由性。这是传统诗歌无法企及的。网络是一个极其自由的场域。它的匿名性和虚拟性创造了一个"去中心"或"多中心"的民主意识形态空间，以让写作者自由地临屏徜徉。网络作为巨大而自由的言说空间，为诗人存放或呈现真实的心灵提供了广阔无边的平台。这一写作环境给予写作者空前的"自主权"，使得写作真正实现了"自由化"。自由是网络诗歌的灵魂，也是新诗写作的灵魂。然而，由于各种诗人难以自控的外力的影响，纸媒时代，诗歌的这一"灵魂式"的特性却常常难以完全呈现。这种状况在自媒体出现的时代得到了极大的改观，网络诗歌引领诗歌写作朝着深度自由发展。

当然，过度的"自由"也带来了一些麻烦：有的诗人任马游缰、信手写来，使得他们的诗作常常在艺术上与责任上双重失范。这不是自由的错。但它提醒诗人：艺术的真正自由不是"无边界"，而是在有限中创造无限，在束缚中争得自由。自由应是创作环境与创作心态，而不是创作本身。无节制的"自由"还带来了另一种现象："戏拟、恶作剧心理大量存在，诗的反文化、世俗化、极端个人主义倾向非常明显。"[3]这在一定程度上损害了诗的健康发展，需要我们高度警惕。

我欣喜地看到，"21 世纪华语诗丛"这套专为网络会员和作者服务的"连续出版的大型诗歌丛书"，正是在这样的背景下应运而生。丛书第三辑的十位诗人，在网络诗歌时代恪守着诗歌的艺术"边界"，他们各具特色的诗歌作品，从某种意义上，代表了当今网络时代诗歌的"正向"水准和实力。

二

生活化，是新世纪诗歌写作的另一重要审美追求。这里的生活化，既是指诗歌写作贴近现实生活，表现生活的质感和生命，又是指写作是诗人们的生活内容，是他们为自己生产消费品的一部分，更是他们实现自我价值的重要途径。

在《1844 年经济学—哲学手稿》一书中，马克思首次把人类的本质规定为自由、自觉的生产活动，并明确指出："宗教、家庭、国家、法、道德、科学、艺术，等等，都不过是生产的一种特殊方式，并且受生产的普遍规律的支配。"[4]在此处，马克思在将艺术活动看作一种生产的同时，又将它与政治、法律、宗教、道德等活动一同作为整个社会生产的一种特殊的精神生产形式加以论述。根据马克思对社会历史客观过程的分析，人类生活可分为物质生活与精神生活两大领域。为了满足自身这两种生活的需要，人类必然要从事物质的和精神的生产。同样的道理，诗歌写作其实也是写手们在为自己、扩展而为人类生产精神产品，并在这一生产过程中完成自我价值的实现。

从这套诗集中，我们能够感觉到写作对于诗人的重要性。它对于诗人，是为了释放，为了交流，也是为了提升，为了自我实现。因此，写作成了他们生活的重要内容，是他们向世界发声或讨要生活的工具。

从此，不从地下取水／我的井在天上／不再吃尘埃里的一粒粮食／我的粮仓在云上

——黄土层，《纺云》

像这样的诗歌，以极简约的文字呈现着来自生活的深刻感悟，就是难得的好诗。新世纪诗歌存在着一种重要现象，即大量被往常诗歌所忽视或鄙视的形而下情状堂而皇之地进入诗的殿堂，并被诗人艺术性地再造或再现，是生活化或日常化的一个重要递进。

三

新世纪诗歌的后现代性已为学界所关注。实际上，后现代性早在 20 世纪"新生代"即"第三代"诗歌那里就明显存在了，且引起了不小的争议。而在新世纪，它似乎表现得更明显和更深入。"后现代主义"的介入，给中国诗歌带来了相当大的冲击，甚至可以说，它深度改变了中国当代诗歌发展的格局。

后现代性感兴趣的是解构。西方后现代主义哲学，即乐意

从不同层面解构传统的逻各斯中心主义，消解以逻各斯为中心的关乎"规律与本质"的意义结构。它的突出特征是解构宏大叙事，消解历史感，具有"不确定的内向性"。而受其影响的新世纪诗歌中的后现代性，则又具有"平面化""零散化""非逻辑性""拼贴与杂糅""反讽与戏拟""语言游戏"等特点[5]。如果细数这些特点的优点的话，则可能"反讽与戏拟"更有较为永恒的诗学价值与审美意义。也正是在这一点上，新世纪诗歌为中国诗歌提供了可贵的新元素。

　　如今我活着 比任何一个死人都坚强 / 像一株无花果 敢于没有和不要 / 我的自在 不再是花开不败 / 而是不开花

　　　　　　　　　　　——高伟，《第1朵花：无果花》

　　这首诗有着明显的"后现代主义"色彩：反讽、反仿、反常理等。诗人以一种略带调侃的口吻消解主题的严肃性和目的。这是"后现代主义"反叛"古典主义"和"现代主义"，消解中心、解构意义价值观的体现。不过，剥去这些表象，单从取材角度和情感取向来看，这首诗歌还是较为清晰地表现了诗人对于生命价值乃至人类某种崇高性的思考。

　　第三辑中的每部诗集，都有可资圈点之处。马安学的《谒宋玉墓祠》：隔着两千多年的距离/踏着深秋的落叶，我去看你；老家梦泉的《北方的雨》：在北方/雨水/是你梦中的情人//深闺的围墙/总是/高高的；赵剑颖的《槐花开》：五月，白色花穗从崖畔/垂挂亿万串甜香，春天已经走了；香奴的《幸福的分步式》：把红酒倒在杯中三分之一处/我总是停不下来//要么斟满，要么一饮而尽/我不喜欢幸福的分步式；于元林的《我们相逢在一朵古老的泪花上》：这个春夜 天空缓缓降下/银河如大街一般 亮着灯光/我们相逢在一朵古老的泪花上/我们要到初醒的蛙鸣里去说话；南道元的《谷雨》：谷雨断霜，掩瓜点豆/持续的降雨不会轻易停止/在南方/春天步入迟暮；钟灵的《晒薯片》：田畴众多。越冬的麦苗上/细长而椭圆的红薯片/宛然青黄不接时，乡亲们饥饿的舌头；袁同飞的《童谣记》：时光那么深，也那么久/遥远的歌声里，仿佛能长出翅膀/长出枯荣。像这样出彩的诗句，诗集中俯拾皆是。这些作品，都凝聚着诗人独具个性的诗性体验。是啊，诗是一种高度个性化的"物种"，只有那些异于常人的观察、发现、体验，才能发出个体的味道。跟"文"（散文、小说等）相比，诗更看重内情的展示，看重结构上的化博为精、化散为聚，看重将"距离"截断之后的突然顿悟。因为"人们要求的是在极短的时间里突然领悟那更高、更富哲学意味、更普遍的某个真理。这可以是诗人感情的果实，也可以是理性的果实。诗没有果实，只有'精美'的外壳（词句、描绘）是一个艺术上的失败。"[6]

　　"21世纪华语诗丛"第三辑，正是新世纪繁茂的诗歌大树上结出的"感情的果实"。

　　（作者系岭南师范学院文学与传媒学院院长、教授，广东省中国当代文学学会副会长。）

参考文献：

[1] 吴思敬. 新媒体与当代诗歌创作 [J]. 河南社会科学，2004（1）：
　　61－64.

［2］韩庆成. 颠覆——中国网络诗歌 20 年论略 ［G］//韩庆成，李世俊. 中国网络诗歌 20 年大系. 悉尼：先驱出版社，2019.

［3］王本朝. 网络诗歌的文学史意义 ［J］. 江汉论坛，2004（5）：106 - 108.

［4］马克思. 1844 年经济学—哲学手稿 ［M］. 北京：人民出版社，1979.

［5］张德明. 新世纪诗歌中的后现代主义文本浅谈 ［J］. 南方文坛，2012（6）：84 - 89.

［6］郑敏. 诗歌与哲学是近邻：结构 - 解构诗论 ［M］. 北京：北京大学出版社，1999.

序篇　好的话

　　早晨起来，到处是昨夜的水迹，石缝间的细草探出头来露出吃惊的样子。竟感到眼前一切皆幻，剩下的真实唯有我们。

　　生活又将打开新的诗篇。我的好人，我从你身上获得的力量不停地呼喊：爱她，并为她奋斗一生。

　　你的好就是你的健美。当你走远，世界变成一个巨大的体育场，太阳是你用饱满的拳头刚发出去的排球。

　　即使寒冷，在你身上也是何等动人：有时梦中真的就有了你的唏嘘之声。荔枝林的风吹了百年。一座恍惚迷离的海洋边缘，天空俯身，成为救生圈，成为你滚烫的嘴唇。

　　你的好就是我的祖国。每当想起你，就有一种阔大和豪迈，非"祖国"一词不能表达。

　　于我来说，世界没有你的好就没有意义。你是通往我精神之乡的长路，两边是连绵不绝的山峦和九曲回肠的河流。

　　我的血液涌出神奇的节奏和韵律，可以谱以动听的歌谣。我不懂音乐，只能用文字翻译你的奇迹。

　　在你的光彩和我的激情面前，我的语言如此苍白，越写越意味难尽，思绪绵绵。

　　好人啊，你要允许我的洪涛把你的好掀起来抛向高空，不然我会把自己淹死在中途。

照镜子的时候，好从你的眼角眉梢，躲到你的背影里去。等你转过身来看我，好又从你的背影，跑到我的眼睛里。你的好躲进我的眼睛，你误为我的光彩。

你有懦弱，因为你有善良。不忍就是不让刀锋对准别人，而是放在自己心上。南山之巅的霞光才配照耀你的大美及大德。

我的松枝接住你给我的一切。接不住的存入地下去，多年后还能拿出泉水加满你的水罐。

雨声不断，直到今晨不绝。一路上想，我要像你所望那样去爱你：与你走在夜雨淋湿的大路上，深情款款抚平你衣袂的皱褶。

你对我所求，不是漫无边际的浪漫，而应像礁石可靠一点，能够依偎，浪花的欢乐和尘世的幸福可以潮涌脚下。

车子开到半山，在高出尘世的地方，我们看到大海把幸福推向无边。

阳光灿烂的日子，酣睡过后醒来，下午仿佛早晨。木棉又开始飘飘扬扬，我抓住一点飘絮，发现中间含着一粒黑色的种子。

生命繁衍，世界生机勃勃。旧的还没结束，新的已经开始。你的好就是新世界的源头，孕育了一万八千里远的未来。

我的佛，我的使命就是热爱和赞美。

这宇宙的风，阳光，飘到窗前的棉絮，欢笑的人声，歌唱的鸟语以及透过我骨髓的花香，全是你的赐予，如今全成了我的缘分和福分。

炎暑之下，仍静静想你。好多深入骨髓的话语，又浮现耳际。非常简单的事情，也让我冥想不能自已。

整个世界，被你凝练成一个字：好。

阳光中的灰尘也是好的。它们不是遮掩事物的光芒，而是把光芒逼向事物的内部珍藏。它们像时间的微粒，变新成旧，好的旧。

我对你的情感，越旧越有香气。

想变成你的老街、老墙、老路，时时让你回头；变成你的老话，时常挂你嘴边；变成你的老泪，在你眼角闪闪发光。

我现在想你的好，就是用鸟儿的声音把你的好再复习几遍。

我听到鸟儿在说：我爱你。回乡下去。一起回。回去捡竹叶。这些单词刻骨铭心。我想起短暂的晨光中你投在墙上的影子，空旷园子里自顾单飞寻找花朵的蝴蝶。

好就是一男一女走到一起，你看着我，我看着你；或是两个相爱的人，你想着我，我想着你。

六点了，雨停了，但你的好并未停歇。林间的鸟儿又在说起你的好来。它们用你的好安排夜晚。

多么令人激动的夜晚啊。羽毛上有我们的好留下的雨水。

互相梳理，相濡以沫，我们是世界上最幸福的一对鸟儿。一夜美梦，可以买下整个世界和我们昂贵的未来。

我只想搬到里面去定居，做你的好的王国里的合法公民，每天安享精神的大福，又能深受物质的尊荣。你的好像神奇的杯子，淡水装进去也会变成美酒。

我的心每天都在召唤自己："到她的好中去，到她的好中去。心贴在她的好上，打开她尘封千年的《诗经》。"

我终于有了一把亮晶晶的尺子，那就是你的好。

鸟儿依然站在树梢，在距离你的好一米之内的地方，向全世界俯瞰。它准备用你的好，测量我的痴想与现实的落差，我通往梦想的里程，我在人世的方位。

蝉的嘶鸣在林子里一阵又一阵响起，而鸟雀无声。它们不是倦于歌唱，而是比以往更注重锤炼言辞。

没有结论，每一天都是开始。而我们，在对永恒事物的期待中，将变得更加古老和年轻。

于元林

2007 年 6 月 25 日写于新安古城

2016 年 5 月 20 日定稿于龙华福城

目 录
CONTENTS

卷一 爱雨的前锋

卷二 你的身体住着洁白的灵魂

集外　诗论

卷一　爱雨的前锋

一、我们相逢在一朵古老的泪花上

这个春夜　天空缓缓降下
银河如大街一般　亮着灯光
我们相逢在一朵古老的泪花上
我们要到初醒的蛙鸣里去说话

天空忘记了过去　布匹一样温暖
我们忘记了黑暗　光芒一样幸福

我们双双回到了原地
过去的居所　多年前的蝴蝶还在翩飞
几点小雨提着灯笼从远方归来
窗外的鸟影　急忙把泪水合上还给黎明

鲜花挂在春天的高处
微风铺向海洋的辽阔

这个春晨 我们要缓缓降下
收紧翅膀　成为大地上的浪花和星辰
在过去的居所　默默无言
只是静静地蔚蓝　只是静静地照耀

二、爱雨的前锋

爱雨的前锋逼近
泪水滑下你的脸庞
千年的锁链断开
铁门缓缓推开沉重的雨水

穿着风的裙子
你走在玉阶之上命运之下
枯井台上只剩下空桶和绞索
你穿过白银的荒凉和花园的空虚

向落地的雷霆跑去
我在一条断肠的驿道上凌风策马
长发飘起来　你飞驰的背影
渐渐变成了白茫茫的夜晚和杨花

三、行　旅

那些年你手拿钥匙　在阳台轻喊一声
道路就会回头　与你含情默对

谁撤走了你的阳光和月光
你的双手仅仅抓住了黑暗中的自己

你打着赤脚
背负流放的夜空来到了我寒风的危城

而今天　你的眼睛是融化的蓝天
你的泪水还是喀斯特地形一亿年前的湖水

四、菩　提

阴天或晴天　寂寞或喧阗
司晨的鸟儿每天坚持唤醒我们
而菩提不语　它站在我窗前
像一条格言忍受着自己的剧痛

种树之后你把手放在信仰的清水里
放在胸前　闭上眼睛看着自己的心
而菩提不语　它听见了但它摇摇头
不告诉我你的欢愉也不告诉我你的叹息

鲜花和落花　燃烧和灰烬
激情岁月还剩一点寒风在高枝上摇晃
而菩提不语　它收下了你春天的落花
然后派十二只飞鸟送你翻过前方的荒岭

五、热　爱

热爱吧　一片落叶舍得放弃
一只鸟儿衔起落叶朝歌声飞去

热爱吧　晨光一样知道等待
晨光的布匹终会剪成燕子的嫁衣

热爱吧　湘水之波柔情万里
弱水三千我们能取走一瓢之饮

热爱吧　鸠鸟在桑林里盘桓低飞
采桑女弯腰捡起熟透了的遍地桑葚

——生活多么美好世界多么辽阔
我们牢牢记住两个字：热爱

六、今夜我要赞美

黑夜里心中突然涌起对你的爱恋
我披衣独坐　在自己的疾病里
用激情的高烧来抵御窗外的寒气

我要赞美　找一个最最恰当的词
要配得上你丰满的胸脯高挑的身材
配得上你大雾迷茫的眼神清水洗尘的美德

像你高兴时亮出拳头
像你悲哀时侧过身子　像你奔跑的时候
颀长的颈项举一头秀发满天飞扬

这是四月的夜晚
空气里茉莉花香已经三月不绝
一个词语在我的疾病深处藏匿不露

我无法找到它来赞美你
而只有仰望它亿万年前的光辉
血液深处无望地奔腾着我对你的爱恋

七、石头记（一）

我们抓住了尘世间的两块石头
直立行走在旧石器时代的星空下
寒冷的时候砸出石头里的火花
点燃我们在大地上最质朴的热爱

鲜花盛开　我们建起村庄
古老寨子的上空　我们的黑发和白发环绕
光滑的石头啊我们一生紧握
辟开道路和地图　在生活的高处筑起仙山

我们时不时回到尘世中来
洗澡　买盐　换布　回忆往事
两只雨燕遗忘在三月的烟雨中
走远了　我们仍频频回望

八、美人窥镜图

被春雷赶下的闪电

或许就是你　我传说中的妖精

白蛇娘子　你把哥也变成传说吧

我有一尘不染的铜镜

我也有古老的檐柱和屋梁可盘可绕

或者藏到我的折扇中去　娘子

有了你　我就胸有百万雄兵

羽扇一挥　登上历史舞台呼风唤雨

你住在我寒冷的宝剑锋上

你白云的洞窟里藏有我的虎符和帅印

治国平天下之后我们携手回到凡尘

你是国色天香　而不是一团妖氛

我们不必用念珠灭掉内心的火种

你腰间永远藏着刚出笼的白馒头

热腾腾的妖气永远让我垂涎欲滴

九、相约投江记

她跳下　头发飞扬如烈焰
他没跳　誓言从他身体抽空
他瘫坐如泥不知所措

江风吹远他的假哭
江头江尾的情人们
还在共饮一首宋词中过时的江水

十、别离难

正月里来难别离
陌上没有花开雾中没有行侣
美酒刚刚启封晃动亮闪闪的钩子

二月里来难别离
暮雨飘飘洒洒杨柳款款依依
一对燕子返身归来劝我回到过去

三月里来难别离
风车咿咿呀呀涧水开始奔腾
我手心冰凉想慢慢靠近你怀中的体温

四月里来难别离
豌豆结子瓜秧缠藤
你说要挽住我的手臂穿过落英满地的香径

五月里来难别离
黄雀相向而歌麦穗相对不语
樱桃熟透用一千张嘴说出我心中的感激

六月里来难别离
大雨涌进寺庙洪水冲断河堤

爱神点灯承认这些都是它的旨意

七月里来难别离
大地稻浪翻滚天空无边无际
南风升起你头上的鸽哨和新炊

八月里来难别离
圆月贵如黄金功名贱似锈铁
我的长弓做了扁担一头书籍一头白米

九月里来难别离
低头梦见姐姐登高想念兄弟
我读透了人生不过是你篱边新开的雏菊

十月里来难别离
天上有颗星星地上有个恋人
你的脖子高悬一颗我的水洗石头心

十一月里来难别离
鬓发吹乱朔风春衫飞扬湘水
你一声轻唤迷茫了我前方的大地

十二月里来难别离
河流回到村庄草原还给马蹄
起伏的山脊又在你的美酒里烂醉如泥

十一、想起你的一件衣服

清水里洗了十遍
抖了又抖　还是会有皱褶

我珍惜一件衣服上的皱褶
它们发源于心身　止于爱和羞涩
有皂角的清香
穿在你身上总让我想起晴天

十二、当我遇到激流

当我遇到激流
我也会变成激流
不要杨柳岸　也无须木兰舟
推倒画屏直达你的月色

静谧的月色已经静谧千年
汉白玉的身体向下滴着蓝色的光珠
黑发向后垂下无声的瀑布
胸脯向上托起欲飞的双乳

你是沐浴过后容貌光鲜的中国媳妇
脚穿圆口布鞋　即将嫁到我的棉花地里
每天从我的良田回来
脱下布鞋　再脱下露水盈盈的晚风

十三、情侣坪上的雕塑

生前要有烈火
死后才能变成手挽手的青铜

胸有雷霆的男人
一生钟爱雨水　内心柔媚无骨

岁月悠悠　唯有挽手
我们才能走到最后的底片上去

十四、想你的时候

想你的时候风已停止
你说过的话变得清晰
众草寂静　小径人稀
荔枝林正把风声细细回忆

有时等你经得住雨打
有时想你经不住风吹
想你的时候风已停止
湖水为何荡动一层层涟漪

孤独的人在原地打转
相爱的鸟却一直向西
想你的时候风已停止
你说过的话飞上了杨柳的嫩枝

十五、窗外似乎又下起了雨

窗外似乎又下起了雨
你是否已被雨声包围
今夜有多少人不能及时回家
今夜有多少树伸出温暖的手臂

雨声响成一片蚕食着你的伤悲
雨夜一样的伤悲在树叶上站立不稳
今夜没有星光照你回家
今夜迷途的鸟儿找到哪片叶子相偎

又想起你背影的冷香回头的惊喜
此刻你的眼里是否全是雨雾迷离
今夜泪水是否冲毁了你的方向
今夜洪峰是否搬不动你揉红的沙粒

窗外似乎又下起了雨
生活不是真空因此就有风雨
你要常常记起我的屋檐
你承诺过明天出门还要高飞

十六、最初的雪

一片　两片　直到千万片
谁将你复制成这场漫天飞雪
只留下我　掌心握紧一片融雪的余温
走向远方的村庄

屋檐下　红灯笼虚晃
一扇每晚亮着红蜡烛的小窗
里面住着一个影子　窗外
爱使小性子的杏花春雨带着江南小小的惆怅

从一片初雪发展到十万雪花
我的四十功名被彻底改写
铺天盖地的银子中我有些迷路
风雪吹不走　被灯影舞乱的心

十七、我的花园缓缓变深

什么也没发生
午后的阳光留下齐楼半身的影子
如高脚杯中残留的半杯新橙
金黄的阳光弥漫着你的气息

夕阳缓缓下沉
我的花园缓缓变深
似乎什么都发生了
花朵打开暗红的窗帘即将推出晚宴

十八、永　恒

是的　永恒

我们正走向那里

风怎么吹　我们都拒绝改变

风吹不散我们共同的岁月

我们的背影渐渐变得古老和遥远

而我们前额饱满　洒满蓝色的星群

霞光崭新　疏影横斜

我们像水一样清清浅浅

内心晴朗　但不想高过任何一棵树枝

但愿每天都如此重复下去

重复的天空　重复的树荫

我们永是相握的手势燃烧的眼神

十九、神

神在你的黑暗里静默良久
最后从墙上走下来对你说：
姑娘，别再哭泣
我的花园里有你一份光宠

给你石头　你就和它一起沉默
石头以外柔软的部分叫泥土
石头　也是种子　着土即根芽
花开花落最终圆成正果

神的光芒吹开尘世
神的手中除了惩戒还有籽粒饱满的粮食
神圣的母性广大无比　不会说话的芬芳
住得下我们所有的倾吐、流浪和悲伤

二十、你的声音就是泉水的声音

我们回到了那样的岁月：
脚富弹性　一蹦够得着最高处的鲜花
臀部绷得溜圆　一串钥匙闪亮
遇到平野就尖叫
遇到悬崖就高飞

花丛中冒出一个声音：我恨
油蛉飞上树冠连连否认：我爱
多年以后争吵沉寂下来
地平线隆起大山的证据
我们可歌可泣的岁月连绵无尽

你不是山巅的春雪
你比春雪要来得温暖和纯净
我穿过青春的松坡一直往下走
你的背影就是潭水的背影
你的声音就是泉水的声音

二十一、慢

她的甜慢慢融化
逃出杯子　再逃出古老的雨巷
穿过我的城墙
变成我透彻的天气和弥漫的情绪

她做的事常常叫故事
黑白电影的叙事让人怀旧
红木家具被古老的年轮推动
驰向原始丛林的深处

她一个拳头握着一颗枣子
一个拳头握着我的命运
比枣花的盛开还要慢上半拍
等她把拳头打开一个春天已经过去

因此我得等待
等待时间的刨子刨出木头的香气
等待她手中的车票作废
她提着美酒慢慢赶到空空的站台

二十二、让我们更近些吧

噪声太大　让我们附耳低语
无数的心事弹向对方的瑶琴

情感的木桩够得上绳子的长度
手够得上手　嘴唇够得上嘴唇

风够得上你的鬓发
信仰够得上你脸上的阳光

让我们更近些吧　呼吸紧挨呼吸
劳作的汗味与田野的芬芳不分彼此

疲倦靠在幸福的肩头
我们的肌肤贴近直到有了棉布的温暖

二十三、石头记（二）

这些石头从我骨子里挖出来
沉重得举不起来
我们站在上面谈论过去的沙滩
被我们的坚毅逼退的海岸线
灯火背后的空虚和罪孽
彼此血型的区别与联系

选定海上的一点光影
我想说：我的目标就定死在那里
但石头太大太沉找不到一颗可以
捡起来扔出去的石子击中它
我只能反复对你说：是的
那就是我终身追求的梦你应该理解

等我们捡到石子的时候
海又离我们远了
我的石子没有飞过铁丝网
你的石子没有在黑暗中找到
我那颗石子跌痛的回声

二十四、海上世界

灯光像从海里走出来的淡水

我们像从海里走出来的鱼群

在咸苦里泡得太久

我们要浮在长长的大理石栏杆上大笑

露出上半身的天使

也不隐藏下半身的蛇身和闪闪发光的鳞甲

今夜是海水和火焰　是传说和现实

是姐姐和情人　是村庄和倒映在深水里的星空

叫不出名字的鲜花叫出了我们的名字

一不小心你的鞋跟陷在她们的花萼里

生活的巨轮就停靠在我们眼前

我们仰望高高飘扬的旗子想起它的航程

哪个窗口爆发出一阵杯盏的欢笑

哪位乞丐弄出了一枚分币的叮当

在这样的浅水里我看到了你头顶的寺庙

在寺庙的屋顶我看见了一株摇曳的仙草

二十五、开　始

贝壳打开我的汪洋
今夜我的潮水要把你的村庄淹没三遍
剩下的激流用来擦亮敬神的香灯
重新照亮你通往爱情和天空的道路

骑匹白马　我回来了　驰过潮涌的春天
马蹄得得　踏醒阳光和骤雨
你的白云在天空有时犹豫有时欢畅
你的松枝有时滴下露水有时挂满月光

潮水退去　泉水满缸
你的村庄安详　坐落在风水之上
半开的红莲　纯净的悲喜
点一炷香　满天繁星盐粒般璀璨

二十六、丢失的兔子

这些年你的青春从未虚度

枝条占尽人间春色和秋色

我丢失的兔子怎么就撞死在你的树下

一个守株待兔的痴人

怎么就情不自禁放下了锄头和耕作

第二只兔子也许永不再来

命运不被重复　这就是空虚？

我在等谁？丢失的兔子越跑越远

我的还是你的　辨不清也说不清

暮色疯长　撂荒的旷野若有若无

一个成语仅剩一半

你抹掉兔子的意义　像挤掉命运的水分

占据一个成语的全部：你的青春并不虚度

你的姿色废除了我的旷野

你为我花枝招展　我为你执迷不悟

二十七、补 丁

有些情感很快就生锈了

而我们从不锈钢开始的眷恋

掂量起来仍然那么沉甸甸的

一只鸟在它的歌唱里连续不断地引用

试图把不锈钢的闪光焊接在歌词里

直到嗓子沙哑　成为一个啼血的典故

装潢豪华的春天像一座豪宅

流淌不尽的岁月始终银光闪闪

我们的梦乡被裁剪成美丽的图案

家园是我们穿破了舍不得扔掉的衣服上

一块温暖的补丁

我在孤独的时候会摩挲它

会时时想念　你打上一个疙瘩

埋头咬断线头的样子

二十八、春风沉醉的晚上

吹熄满城灯火

煤油灯拖着旧时代的辫子照亮乡村

正面人物脸上熊燃革命烽火

女特务嘴叼香烟

在人民的如海深仇里扭动蛇腰

如今复活在新时代的席梦思上跳起舞蹈

音乐回到身体

旋律的节奏开始纠正和摇动我们

我们手舞足蹈一会儿是指挥

一会儿弹奏空气和想象中的钢琴

萨克斯管飘出春天

我们这才明白过去很多泪水掉错了地方

脆弱后面站着肌肉和匕首

坚强后面站着湿润和柔情

在这个春风沉醉的晚上

你的欢乐后面是否站着春愁

你的热泪后面是否站着

一个我走不进去的誓言的海市蜃楼？

二十九、在时间的长河边

在时间的长河边
我像个空瓶子　总是充满渴意

我什么都对你说了
倒空了的瓶子天生有种喝酒的冲动

我的河流空虚　涟漪已不能让我满足
我渴望借你风的裙摆凭空涌起几朵浪花

减去"欲"还有"望"的浪花
在痛苦底座上　断臂的肉身升起凄美

抽刀断水　我不能斩断流水疾驶的双脚
我也不能用毒药的利刀扼住水的咽喉

只有你的臂弯能挡住流水的脚步
只有你的母性能把我的奔流驯化成佳酿

三十、打碎的桃花

揉碎桃花红满地，玉山倾倒再难扶。

　　　　　　——《红楼梦》第六十六回

一朵桃花没有抓稳自己的春天
零落成泥　驿道上　我定有一场艳遇

我只有岩石的腰身　千里的风尘
我的背影像旧时代的辫子和道德

没有抓稳鸳鸯剑　玉山倾倒
意气风发的公子无法扶起桃花的碎影

梦过红楼　逝去的桃花喊醒我
哥哥　我的魂灵已在你的剑锋上再生

三十一、和尚与村姑

从前有座山，山上有座庙，庙里有个和尚，和尚心里有个村姑，村姑心里有个和尚。

木鱼声中　一个念经的老和尚
佛法庄严　还是关不稳一点凡心
他想起多年前他爱上的村姑
站在桥头　竹篮里　热馒头白如皓腕

木鱼声中　一个上香的老太婆
向老和尚问起多年前她爱上的小和尚
那时他常常来到桥头
慌乱之间　一枚铜钱失手掉在河中

那时和尚住在鸡鸣才能到达的庙宇
那时村姑住在钟声才能到达的村庄
流水入梦　不可摆渡　此岸到不了彼岸

后来和尚被一朵白云带去了远方
后来村姑随她的嫁妆离开了家乡
多年以后他们相逢在一片褪色的木鱼声里

三十二、放风筝的人

放风筝的人
手拿一团白云的棉花糖
在年轻了二十岁的天空下她突然明亮
毫无目的　走向属于自己的少女时代
而我　像她遗忘在球场上的书包

天空回到无忧无虑的状态
空气中飘来疾病幽微的中药香
像一个少女短暂的皱眉
像她裙子上不用拂拭的花影
除此以外　欢笑和阳光都如此完美

即使背上书包 也脚步轻盈
一个明亮的人从此爱上了整个世界
她不是债主也无丝毫欠债
她是那个突然明亮的人
随风筝染进了天空的辽阔和蔚蓝

三十三、在你经常路过的大道上

在你经常路过的大道上
反反复复　群鸟把你歌唱

默立晴窗　我把爱情默念十遍
心儿高远　还有多少山高水长

扫院人扫净了落叶和尘埃
无风之树蜘蛛在吐丝结网

在你经常路过的大道上
卷舌的浪花上岸　雪白的方言

突然不能自控　吞噬我的栅栏
彻底崩溃在　我蓝得心碎的心房

三十四、越走越慢

这么多鸟儿与我拔河
在短暂的春天争夺你的影子
这么多鱼儿要上岸
试图飞进你风情万种的河流

你究竟在哪里？
在树上　还是水中
在过去　还是未来
在山上的佛堂　还是山下的尘世

一个又一个行人超过我
在时代的前列他们变成了一点点光荣
我却越走越慢
停在一个又一个等待你的漫长的梦中

三十五、菩提慢

　　她说，那排菩提树有两株已经叶子枯黄，可能是要长新的叶子。而我种的那株还没啥动静。看来我的菩提树也是一种慢啊。

　　慢性子的菩提　慢慢磨出了精致的木纹
　　细密的心思　熟记长篇的经文

　　两片入冬的黄叶　两卷放不下的经书
　　春天在新叶上反复摘抄上面模糊的佳句

　　一诺千金　一叶千金
　　金子暗淡　还是羞于说出和交出

　　我的闪电能否劈开你木质的悬崖
　　沿着菩提的叶脉与山径　我想找到你的宗教

三十六、幸福随风吹送

她说要去买发卡，我说顺便给我买颗糖。

单身的黑云扛着行李找不到工作
而我至少有了恋人和故乡
走在荔林飒飒的风声里
我是不幸天空下幸运的男人

啊你的糖　啊你被晚风吹乱的甜丝丝的头发
本来有雷声　上天也给免去了
本来应该给我一点小小的悲伤
本来含有荔枝蜜的晚风应该分些在不幸人的身上

我的幸福被风吹远
幸福的尾韵上站着你
向我奋力挥动一张花手帕
而你身后一定站着神灵

谁造出了这么一个女人
让我常常在黄昏来临分辨不清
是女人还是季风
是风声还是你碎发的私语

三十七、空　虚

有了你　我的空杯就有了美酒

我就没有弱点

籽粒饱满　没有秕谷

有限的时间慢下来塌陷成无限

夜晚抱着月亮睡去

我醒着　想象你今夜熟睡的样子

黑暗占有了你的身体

晚风习习　吹弯了你的眉睫

三十八、发卡在阳光中舞蹈

发卡在阳光中舞蹈
让我担心一旦脱落
你头发的瀑布就会失去控制

阳光如此汹涌澎湃
发卡的舞步停不下来
它抓住你的秀发向我轻舞飞扬

发卡在阳光中舞蹈
它暂时中断了与我个人的联系
它在创造世界性的阳光和音乐

一曲终了你回到我身边
像一座水堤
稳稳站在我的激情和宁静中间

你伸手向后用发卡拢紧头发
这个动作酷似人类的姐姐、母亲和情人
跪在时间永恒的河岸梳妆

三十九、诗歌的尽头

今夜我们似乎就要走到诗歌的尽头
靠近一朵桂花的嘴唇
这条桂花飘香的小径
将提前结束在我们微微冒汗的手心

可是那些没有尽头的往事挡住了我们
我们还要在暗夜里去辨认对方和自己
我摘下一朵桂花约定：如果有一天走散
就来这里等待　四散的香气重新聚成欲开的蓓蕾

诗歌的尽头是天空和大海的尽头
我的翅膀和雄心退化成海风的怀抱
你的滨海之堤平静如这座铁打的城市
但我知道里面藏着一场未到季节的风暴

四十、酒和粮食

粮食是酒的土地
酒是粮食的庄稼

我是酒的丈夫
你每天用美酒的金嗓子喊我回家

我是被生活压弯直喘粗气的稻穗
你的美酒卸下了我生活的全部真相

一个男人的脸面　一张写满礼品的大红纸
我肌腱里铮亮的汗滴总在黄昏的天空亮起醉意

月亮和美酒一起升向我的头顶
照料着一个幸福男人的鼾声和睡梦

四十一、明 证

一夜失眠
一个念头始终缠绕：
模仿家长的字迹写张请假条
和你一起去偷爆米花吃

总是期待你有一点小小的错误
被鞭子追赶　我可以藏起你
我的短处护卫你的短处
落在我身上的鞭伤　就是我爱你的明证

四十二、爱的分寸

我不能按照简单的四则运算来爱你
爱就是爱　无关运算与功名
但我至今没有掌握爱的法则
爱与罪孽的分界就好像含混不清的黎明

是在做梦还是已经醒来？爱的分寸在哪里
是用微风还是狂风　是相加还是相乘
爱的距离　是退后一步还是得寸进尺
是一丈以外还是一丈以内

今天又该对你说些什么了
我想说出世上最纯净的蜜
然而久久难以启齿：当我开口
蜜往往成了严重偏离我原意的痼疾

因此我只能默默　闭上眼睛
闭上嘴巴　闭上通往外界所有的门
我心深处有盏莲灯　你像静夜潜来时
我已忘言　只能说些细切的虫鸣

四十三、天气这么好

天气这么好
明媚的阳光　万物引体向上
唯我心怀柔情和歉疚
爱我恨我的人此刻都是我的恩人

奔走在两朵花的光年之间
所得之蜜能否偿清风花雪月之苦
细草返青　露水消隐
激流扔下我们　让我们欠下赌债

天气这么好
但是你比今天的天气更好
我们之间隔了一层玻璃
招手却无法牵手　看见却无法听见

四十四、我用珍珠来养你的海浪

她说，我去珠海带一串海浪给你

我用珍珠来养你的海浪

雪亮的修辞碧波万顷

柔情万种的沙湾的臂膀一抬起来

就打泼了我的白天和夜晚

阳光的风暴被狠狠摔碎在岩石上

一朵海浪爱上了另一朵海浪

恋爱的海浪繁衍成一座浩瀚的海洋

你住在海市蜃楼似的 28 层

在天涯等待海角　在枯井等待雷雨

等我汗血马的涛声来夺走你的裙裾

珍珠养出来的海浪　华丽而铺张

每一颗水滴秩序混乱身价暴涨

我在你的海浪里挥霍我的富有和贫穷

迫不及待　我为你点燃内心的火药

蓝色水滴的星球飞溅成一个烟花般的宇宙

四十五、墙上的壁虎

一枚钉子钉住了壁虎，另一只守候在旁。每天为它捕蚊，每天对它说话。

逃离是不可能的　我们拔不出钉子
我们更无法推倒命运的高墙

只有一辈子在这堵墙上厮守
成为对方命中的斑驳和伤痛

雨水会下漏　我们会死去
留下斑点和锈迹　那是我们的婚照

四十六、归　来

红眼航班尽头的异乡

太多虎视眈眈的海水

巨大的洋流把时间和方向拉弯

什么力量撕裂了陆地

在洋面上碎成漂移的岛屿

什么力量掏荒了天空

露出饥饿和幽蓝的眼睛

泪水的金沙　软语的金子

异乡的那边还是异乡

出门就是大雨　你如何寻觅归程

蓝色的泉水不是你的源头

温馨的惠风吹老你的红粉

月亮听不懂你的往事

莲花开不出你的观音

回来吧　我的女人

雁阵上的远方不是故乡

回来吧　失恋的珠玉走向高处

就是帕米尔高原的星辰

入得红尘可以摘到马铃薯和玉米

唱起梵歌可以遇到神仙和白云
情人的星空　宁静如大地上古老的村子

两江汇合的春水　成双成对的蝴蝶
相偎千年的古榕　相向而歌的鸟雀
大地收回孤单　归还舞伴
回来啊我的女人　在一个浓重的黄昏
风像一块橡皮泥擦去了落叶
擦去了老街上所有沧桑的光阴

四十七、和你归去

回到我的出生地　　直至回到泥土
每个入土的人都能枕草根为安
时间的分母熄灭　　地平线以上
人生如梦　　归于零或无限
而我们的灵魂亿万年相随

生前手植的竹林灵鸟相追
爱情的悬崖总是藏着蓓蕾
棕树的伤口长出蕨叶的故事
葫芦瓜的傻笑　　豇豆的辫子
油菜花娇喘着将三月烧成灰烬

时光匆匆　　岁月无情
一只蚂蚱的重量只能把一片叶子压弯
而我们站在对方的弧度上
奋力一跃　　此生比翼飞
从开端到尽头　　我们像彩虹一样优美

四十八、好姐姐

百鸟和鸣的早晨　你在晨光中举起梳子
另一只手腾出来　取下嘴角的发夹
一丝不苟的头发像工笔画的线条
你姿容端庄　出门总要看看天色
像一幅天青色的钢板画行走在我的早晨
穿过我的正午　直达我的黄昏和午夜

多好的画都画不出你的菩提之心
莞尔一笑间　一个坏人变成了好人
你在上游放生　人在下游布网
听到救命声　你又到下游去救起落水的渔人
好姐姐秉承佛祖的旨意来到水的中间
她的好有万般　万般归一就是只爱不恨

好姐姐的好　多如雨水
浇花　洒扫庭除　接济天下苍生
浇灭我的火焰　浇不灭的
包起来　糊进灯笼　挂在雨檐下闪闪发光
好姐姐　今夜你再好一点　打开我的荒原
你的好重获野性　奔跑如一场更大的急雨

四十九、理想的一天

理想的一天　微风拂面
你一直在阳光中梳头
一丝头发落进尘埃
没有响动

理想的一天大于一天
逝去的都显而易见
没有逝去的
是那些林子里徘徊的
看不见的宁静

尘埃落定　万象空无
旧门虚掩
一丝多年前的头发黏在门缝
风已歇　一丝头发
仍在微微颤动

五十、翻过围墙的蔷薇

不同于草　它吐花信子
蛇身曾经梦游在漫长的河流

它开错了花　向我出示月季或玫瑰
它的誓约是傍晚常常误点的钟声

翻过围墙的蔷薇　听得见它花开的心跳
它解下河流的飘带　走出圆月的镜子

我拉起它冰凉的手　它的身体还在迟疑
没越过墙来的部分半推半就窸窣作响

卷二　你的身体住着洁白的灵魂

五十一、凭什么爱你

凭荆棘刮破了的华服

苦役磨破了的双手　风雨击穿了的旗子

凭我来路上的荒原和泥泞

我用萤火穿过的黑夜　我从雪山盗来的火种

凭我在你佛面前燃点的三千枝檀香

许下的一千遍誓愿　开出的五千朵莲花

凭我在你所居星球上大漠孤烟的孤高

沧海浮云的念想　　大浪洪涛的激越

大地说：爱她，让我流浪的女儿找到家

天空说：爱她，让我下凡的姐妹找到梦

五十二、亲一亲中国

亲一亲她的大地：
农田上站着农夫，泥土里长着五谷；
竹林环抱着村舍，黄犬紧跟着村姑。
最高的山峰止于云朵，最长的河流止于五湖；
最好的阳光开在花上，最甜的水滴睡在酒盅。

亲一亲她的传统：
唱腔里边的王府，汉服下面的筋骨；
毛笔一挥成方块，太极拳里剑功夫。
所有的月光用来教子，所有的道路用来回家；
所有的前庭用来挂剑，所有的后院用来种花。

亲一亲她的南方：
五岭之下种荔枝，五岭之上种香茶；
五岭之西山连水，五岭之东水连沙。
那么多红果嘟起小嘴，那么多故事九曲回肠；
那么多星灯挂在天上，那么多船儿浮在香江。

亲一亲她的女人：
眼波闪动着温悯，身段摇曳着花枝；
柔情碰落了风露，玉颜盼老了归期。
最断肠的五百次回眸，最迷茫的三千里春心；
最铭心的一万年相许，最刻骨的一辈子相亲。

五十三、恍惚间满世界都是你的嘴唇

今夜你要放弃自己的慢

快速追上我语言的流星

抓住它的尾巴

不让光亮和温暖坠毁

今夜你得闯过红灯

把车开到午夜的酒精里去

在空旷的城市里为我寻找蛙鸣

静得出奇　我们只找到自己的手

找到你钢琴的手指连着的

一场过去的大雨

茫茫泪水之上

你那随风起伏的嘴唇

像汪洋中的一叶孤舟

经过长年漂泊终于找到了我的嘴唇

啊！我们这是来到了哪里？

在爱神之山的脚下

在佛祖静穆和默许的葡萄园里

在你波浪的舌尖之上

在我心跳的涛声之中

在你缀满紫葡萄的身体的迷宫
在我飞越太平洋的云朵的叹息
这个伟大的世界如今只有我们俩
以及车窗上两片轻轻摇动的树影

两朵嘴唇的烈焰
咬着两张天空般的身体
飞到肉体的五万米高空突然炸裂
恍惚间满世界都是你的嘴唇
我像一个梦游者
在黑夜的沼泽幸福得差点窒息而死

五十四、纪　念

我们的呼吸　像两条雨季的河流相遇

茫茫人流涌来　你是我熟悉而又陌生的女人

隔得太远　我听不到你的喊声

高楼上飞来一枚阳光的硬币

砸中了我　砸出一个令我眩晕的祖国

一个个彩色气球失去了目的和意义

越过广场的界线　深陷在你眼睛的沼泽

乌云聚拢在你天空的广场

我的女人　你为我倒下的庆典我陌生而又熟悉

乳白色的肌肤像刑场上绝望的月光

摄进我全部的家史　这个节日一一向我回放

那些枪口的火光　曾让我祖先一辈辈沦为牺牲

如今变成了爱国老歌　变成幽蓝的肥皂泡

将我击倒在另一个注定也要老去的朝代

我的女人　在未曾出生的年代我们就从未走失

如今我们近似亲人　我的五月

如此挨近你隐秘的慌乱和头发的浓荫

五十五、阳光里木棉飘飞

一下子涌出那么多阳光
一下子涌出那么多人群
游动　消散　融化在各自的路上
生活澄澈　天风高远　木棉飞轻

幸福没有方向　但不迷茫
风搂着阳光的肩　走向四面八方
一只红嘴白尾大鸟猛然降临　但终归平静
迟迟不能竣工的天桥　我没有太多惆怅

棉桃缄默太久　一开口就管不住自己
那些柔软的翅膀　贴紧阳光飞呀飞
像动词　又像刚由你亲手解放的形容词
城门四开　我浩气盈胸　接管失而复得的河山

五十六、好百年

两棵榕树渴望着　枝丫向上
树须向下　系紧松开的鞋带

一条回家的路　穿过百年霞光
吱呀一声　匆匆打开我们的肉体和灵魂

好得无可救药　只能合抱成一棵百年的古榕
才能经受住来自千年以外的晚钟的打击

窗外狂风大作　我们像两朵婴儿的烈焰
滑倒在琵琶弦上　雷电交加暴雨倾盆

五十七、我该如何爱你

从你熟悉的眼睛　到你陌生的嘴唇
我已记不清走了多远　起风了
落叶的车票不小心被刮飞
裸露的终点站　星辉和灯影斑驳
我在那里卸下漫长的旅程和雄性的群山

通往星空的航路　群鱼闪烁
海风鼓起嘴唇吹开你喘息的白帆
快要被我巨浪掀翻的女人
我是如此爱你　摇晃的甲板上
我要领取你丰满而柔软的圆月的圣餐

领取你试图扯什么来遮住的羞耻和呻吟
我无法制止洋流的本性　把你沦为孤岛
我也无法不侵入你的美玉　并留下瑕疵
某种意义上的美德　没有结尾的渔歌
你只能在上面开一扇小小的精致的窗子

五十八、生日献辞（一）

温暖而潮湿的女人　恰逢雨季
你伸出硕大的蕉叶　抓住一场暴雨的尾巴

神的预言在你的蕉蕾初吐
你的烛焰　在今夜越燃越旺

像一把红伞　慢慢为我打开
温暖而潮湿的女人献出刚刚诞生的五月

风雨清空了你的大街　珠宝店没有上锁
一面海盗的旗子在我心中高扬起未来

你的忧伤其实很轻　像一只蜻蜓
我高大的起重架今夜显得多余

无须一场狂风　只要一声叹息
我就可以打起门帘掀开你洁白的海盐

在你的殖民地上　暴雨停下马蹄
刀剑安静　我们之间只有一首轻音乐

五十九、迷　路

你说，我们有共同的村庄，不会迷路的。

我要去一个地方找你
一路上许多地方还没有命名
男人们在城门口喝酒
女人们在荒草覆盖的洞穴露出脸庞

半坡的寺庙我也去过
神像肃穆　馨香成灰
烧香的姊妹像庙门丢失的钥匙
拜佛路上如今只有流水和行云

你住在我们共同的村庄　守着青草
月镰留下岁月的刀伤
群鸟沿夕阳的余光滑翔到召唤和盼望中去
你打出泉水　洗净我往日的云朵

六十、溪涌的幸福

绕过群山　溪流把我们送到这里
又折回到群山中去
今夜的窗子朝东打开一轮初升的皓月
我们在月光里举起了美酒

拔出月亮的软木塞就是一望无垠的故乡
桃花和李花　枇杷和柚子　大豆和高粱
蛇影闪过　葡萄赤裸在幽暗的夜晚
我的劳作从你身体里挖出了熟透的秋天

美丽是火药　锁在干燥的火柴盒里
窗子和床　被我们疯狂的葡萄藤点燃
明月和星河　带着烈焰扔向千里之外
我们撕下微风的面纱露出狂风的面目

在你高高的身材乘风破浪寻找珍宝
在你低低的山峦穿云过雾遥望乡愁
在你颤动的腰肢看风雨飞花的呜咽
在你迷离的眼神听万马迷途的悲鸣

我回到了风雨中的故乡　回到了

雨水的肌肤　新娘的脚印　母亲的乳房
家园的炊烟被风吹乱　像你的眼影
古老的传说勾魂摄魄像你的体香

我一次次回到风雨中的故乡
一次次回到你裸体的盛宴坍塌的围墙
你柔美的线条就是我回家的小路
从时间的深海　我娶回了你妖娆的月光

六十一、红裙子

点上红蜡烛你就正式成为我的夜晚

穿上红裙子你就正式成为我的新娘

今夜请让我吹灭你的红裙子

走进你迷蒙的泪水找到扶桑花的嘴唇

灯火点在你的半山腰

许多条璀璨的银河通向我的长梦

月亮下的烟花　沙滩上的欢笑

幸福的战栗荡向太平洋的远海

穿上红裙子你就正式成为我的早晨

我们手牵手看幸福从深海回到沙滩

我背起你在礁石间跳跃

浪花背起浪花　沙子紧拉沙子

生蚝被自己的唾液融进礁石

礁石被海浪的舌头融进大海

你被我融进自己　最后一颗纽扣解开

就是一件红裙子穿在化石上的样子

六十二、生日献辞（二）

再次穿上你的红裙子
再次取出你身体里的烛光照亮今宵
为了心中那一点亮晶晶的爱情之蜜
请在许愿时反复说出我的名字

窗外雨声淅淅沥沥
风闭上眼睛　俯向万物　头埋得很低很低
众多树叶的兄弟和花朵的姐妹看着你
我白衣飘飘　怀揣被风吹动的诗篇

我的窗子今夜向你的菩提打开
请把我许给你洁白的心愿
烛影摇红　脱下绣花鞋脱下红裙子
你要去的地方　我们常常不能看见

六十三、十六的月亮

十六的月亮很忙
不仅仅处理我们的誓愿

天下情人都在对方的眼睛留下签名
露水在黎明到来前　就已心明眼亮

我站在你面前　嘴唇涂满幻影
我们慢慢啜饮对方唇吻上无穷的月光

花园高悬空中　顾不得是否放错了地方
一树紫荆花落下一条凄美的长路

两只萤虫　在桂花树中飞来飞去
始终找不到一片合适的黑暗隐藏自己

六十四、晚霞照亮我们

晚霞照亮了我们
你身上有狐狸和麝香的味道
大悲咒的序曲拉开　晚钟敲响
悲喜散尽　宁静走进我们的内心
而你突然又泪流满面地说：
我不管　我要嫁给你

此时太阳西沉
树丛的阴影突然砸翻霞光的钢水
我找不到哪是幸福哪是烫伤
一片落花掉下来　一片落叶掉下来
你说生命多么美好又多么短暂
你说我不跟你我跟谁我害怕黄昏

我们亲吻着对方嘴唇上的霞光
生怕它转瞬即逝　但这是徒劳的
一只大鸟从城市还没有亮起的灯塔上
振翅飞向远方　我们不断地爱
又不断地损失　我们的内心空空
已不能用翅膀托举自己的火焰去填满

霞光中大悲咒还在吟唱

你说：你也学会祈祷吧

消除孽障　就会坚定不移

而我不会祈祷　只能一遍遍揩着你的泪水

矛刺穿了盾　一点一点地

销蚀在你身体的香气和大悲咒的霞光里

六十五、我的方向是爱情的方向

树是风的方向　鱼是水的方向
花是阳光的方向　我的方向是爱情的方向

风鼓满天空　青灰色的巨帆
裹挟乌云翻滚的船队　夺回海伦的裙子

我的方向十分渺小：朝天桥慢慢走去
一抬头就看见你窗口的灯光

窗纱磨去了灯光的尖刺　你置身其中
像一棵从天涯归来的芳草洗尽铅华

我是迷茫的雨水在窗玻璃上划过的方向
我是暗红的月亮在高楼顶上升起的方向

六十六、离 人

鱼儿是水的偶然和必然
偶然而来的大雨　必然拥紧途中的村庄

列车载着离人的眼泪飞驰　每颗雨点
都小心沿着自己的轨道奔向站点

执手相看　我的掌纹穿过你的掌纹
你的风云　无力擎起我的闪电

亿万年前的森林倒下　就是今夜的煤海
我从灰烬下面　拿出还没熄灭的火星

六十七、夜雨中山

仿佛一朵云经过千百年的努力
才沿着一条英雄经过的道路
停息在这里沉思　回顾前尘　眺望
被老城墙上的黑树林挡住了的前方
山梁在历史的天空突然停止盘旋
浩如烟海的时间如今只有几点星雨
吹打在竹叶之上发出窸窣之声
我们在这样的时刻被允许和鼓励
从千百年时间的埋葬中被对方发掘出来
成为青铜骑士和汉白玉奔马的雕塑

折叠。翻滚。舒展四肢逆风而翔
蝶形风筝的尾巴拖着我们两条长长的余生
撞击气球的天空濒临爆炸的边缘
致命的花香点燃导火索冒着咝咝青烟
莽原上布满野花的地雷　骑士和奔马一路奔驰
我们的边缘急剧膨胀。爆炸。猛然塌陷
无数行星被你吞噬时的呐喊和战栗
整个星系变成一个黑点后的静寂和空无

慢慢地就有了声音：天空开始下雨

从一片竹叶滴向另一片竹叶

从最后一片竹叶滴向玻璃

玻璃在你脸上流下无数道竹叶的泪痕

慢慢地就有了历史：今夜青铜复活

从内伶仃洋到外伶仃洋

从山脚到山中到山外

蚊虫们的浅唱将被我英雄的大风歌所替代

六十八、相看一池春水边

我们把人生的宴席摆到春水之滨：
浅草之上　你在我对面席地而坐
最上位是一池春水
春水的对面是一枝湘妃竹斜斜的倩影

美酒高举　碰动杯里杯外的层层细浪
此时我们除了啜饮和陶醉再无言辞
莲叶裙中你像一枝莲花就要被风吹开怀抱
经幡般飞扬的风里我像圣地一样虔敬不动

此时我们除了相看和相守一无所求
就像春水的欢乐守着湘妃竹的忧愁
此时我们只想把现实活成梦幻把梦幻活成现实
就像湘妃竹的影子时时涌上春水的心头

相看累了就相拥　相拥累了就做梦
梦见天地无边　梦见星汉灿烂
我们把每一颗星星登记在春水之上
重新命名　每颗星都是一首诗歌的眼睛

六十九、白狐歌

079

我是一只修行千年的狐

千年修行　千年孤独

夜深人静时

可有人听见我在哭

灯火阑珊处

可有人看见我跳舞

　　——歌曲：《白狐》

你从哪里来　我的白狐

一道白光落入我后花园中痛哭

花瓣裂开了我满园的春色

香风吹灭了我苦读的灯烛

你是一个绝尘的美女子

我是一本古老的线装书

你体如绸缎夜夜披盖在我的身上

你魂若芝兰时时缭绕在我的庭除

你从哪里来　我的白狐

一道白光出现在我迷乱的中途

你柔情万种毗连湘江春水

你媚态千般献出衡山花坞

你当我红尘中的美娘子
我当你云端里的伟丈夫
你每天手执拂尘打扫大地和天空
我每天肩扛铁锄种植云霞和大雾

你从哪里来　我的白狐
一道白光消失在那密林的深处
断墙下开一片野花的沉默
远山上挂一弯月牙的孤独

你是我黑夜里的青春梦
你是我晨光里的虚空无
我要越过荆棘和狼虎问你的行止
我要放下功名和前途找我的白狐

七十、窗外仿佛已到秋天

一日不见　窗外仿佛已到秋天
木棉的飘絮好像枕边绵绵的耳语

阳光不停地炸裂　白絮点点
像酝酿了很久不得不说的飞雪

落在睫毛不是你的眼影
落在墙根也不是你的月色

光洁的脚踝
带着行走在刀刃上的急迫

她很渴　要到深夜中去畅饮
步履匆匆　一颗露水闪身将她让进黄昏

七十一、无法把黑夜分开

一条大街不能把黑夜分开
黑夜紧抱着黑夜　力量胜过了光明

一条路不能把黑夜分开
所有的方向都被铆死在盟约里

黑夜更加心疼黑夜
一盏灯邀请更多的灯也无法说服它们

黑夜无边　黑夜无可救药
太阳出来　也只能占有半壁江山

七十二、香　港

不管你现在成何模样

不管你和我隔了多少江水与海浪

我毕竟还能看见你的海岸线

楼群高扬云朵的手绢

一些雨星找回我的前额

落在我足以回味一生的渴望里

我就站在这里　　以陆地的身份

接受你女性的海风的吹拂和安慰

海浪像一件晾在夜空下的蓝色连衣裙

被风掀开　　时不时露出纤秀的双足

我像往常一样　　把栏杆拍遍

等月亮出来　　抛下一道接你下凡的天梯

不管你我隔了多少个世纪的月光

我都可以胜任你紫荆花的幸福和惆怅

你飘落在一块古老的礁石上

在婚纱一般的五月　　你是我的新娘

你为我去海上祈祷因而离我很远

众神却很近　　像我头顶的树荫一样

七十三、我就要去飞翔

我就要去飞翔
不知道远方的天气和季节
只感到分手的时刻
你手心里还在小心地捧着什么

寒潮横扫一切
我仿佛刚从梦中翻身
天亮了　你渐渐变成远方
薄雾像你晨起时匆忙化下的淡妆

旭日初升　被你昨夜的被窝焐热
我换上一对天青色的翅膀
向太阳飞去　在爱情以北
一侧身划下一道优美的虹影

七十四、我的宗教不审判爱情

我的宗教：春天的河湾向燕子敞开
地图以星空为准　把枯草与河泥衔向高处
爱巢筑在经书的左上角
筑在麦穗和金子永不迷路的光芒中央

时有成双的雀鸟飞过
把刀子运出深山　莺花茂而谷艳山浓
乾坤的幻境中　草爱着草　风亲着风
山寒水瘦　从我的宗教中显出真如

我的宗教不审判爱情　我们没有乞求更多
心连着心　痛连着痛　我们到莲花中去
用澄塘的波心倒映云朵
而不是用庙堂的尖顶追问天空

七十五、夏雨来临

我用阳光的银子换来的新娘子啊
带着她的地平线和乌云的车队来临
把霞光的羞涩脱在橘红色的凤凰花上
令人窒息的闪亮的身体上涨
环绕在青草的纤腰总是扼住我的呼喊

她解下腰带就是洪流
掀翻河床　只看到她的乱发狂飞
她吐出鱼的眼睛又用泡沫把它们抹去
失去了绝望的希望　失去了道路的马群
失去了准星的肉体在危岩上撞出一个个漩涡

只有我浩瀚的沙漠才能平息她的洪涛和喘息
才能让她天青色的眉睫低垂
在她湖泊的眼睛升起海市蜃楼的幻境
我的初夏如处子　牙齿雪白　嘴唇滚烫
咬定一句誓言　不肯随便放弃

多少个日子她急剧地爬上历史上最高的水位
看我的心朝向何处　多少个日子
她像一场又一场特大洪涝灾害那样想我爱我
她淹死我又让我还魂于世
我像活了几辈子的水手在她蝴蝶的波光里梦游人生

七十六、树叶拿走，苹果留下

金苹果的植株
你站在男人们欲望的迎风坡上花枝招展
蜜蜂迷路　你肉体的花香消灭一切道德的方向
那些道德的树叶即使赶走了花朵
也遮不住你赤裸的乳房　任凭树叶如何喝斥
我如蚁的飞云还是迅速在你周围集结

五月的庞大军团势不可挡
用风暴、大海和战争在你枝丫间行劫
海伦的金发　西施的眉心　埃及艳后的纸牌
抢到果皮的摔跤成为败寇
抢到果肉的即位成为帝王
膀阔腰圆　目光炯炯　傲视八方

大多数人只抢到你的树叶
只能做顺民在低处劳作　而我抢到了你的苹果
建起了教堂的圆顶和皇宫的王座
抢到了你的斜坡打造成一张巨大的盾牌
箭矢纷落　风调雨顺　草长莺飞
我们的帝国靠在你的斜坡上如果实累累的秋天

七十七、闪电击中帝王大厦

我双肩不宽 但有一定高度
爱还是不爱　可能还是一定
"不但"以后还有没有"而且"
"无论"后面是不是"都"
这些词可以在我肩上铺两条呼啸的铁轨
拷问我誓言的远方

我帝王的头颅始终高入你仙子的云端
接受你的柔情也接受你的闪电
以蛇蝎的信子　鞭子的声音　刀子的嘴巴
强电流沿避雷针劈进我的脏腑
沿一条原始大裂谷一直往前
你可以找到那些古老的壁画中我爱你的血痕

七十八、荠菜谣

贫苦的江边长满荠菜
贫苦的心中长满温情

一手执铁锹一手执夫君
手有老茧　才能抓稳江水

一场大雨来院中做客
倒在来路上烂醉如泥

大雨中一锅荠菜饺子煮得波浪翻滚
雨水的胸脯茫茫　如一场丰年大雪

七十九、湖风吹老

一场大雨过去天高地阔
我们又找回风暴中失去的自己
阴影被霞光映照成美丽的彤云
月亮的金梳挂在天空的镜子上
远处的高楼像一支支唇膏和眉笔
画了妆的棕榈携伴在晚风中静听蝉鸣

沿银河的泪花黑发的瀑布
今夜你就是从天而降的姐姐
衣袂之间有织女的星光蟋蟀的叹息
选块陨石坐下　面对你洗浴过的湖泊
有情人终成眷属　有缘风还在相追
你却只能用来倒映别人的爱情

湖风吹老湖水　吹老陨石和我们
吹老短暂的花朵和永恒的夜空
黄昏星还亮在我们的头顶
一条路穿过泪水　留下层层涟漪
时间不灭　青春和爱情还在湖边荡动
时间寂灭　我们就是这天地间的雕塑

八十、我仍然相信眼泪

我仍然相信眼泪
我相信一颗泪水的祈祷词
正在唤醒我们脚下通往神殿的道路

我不相信你的眼泪就是软弱
它是神灯　正从远方靠近我的黑暗
在我被刮弯的彼岸之树上留下星星的盐粒

我相信一颗泪水的力量比现实强大
让我跟着你走的
是泪水而不是现实

我带着无边无际的荒漠走向你的泪水
漫漫黄沙长不流泪的芨芨草也长流泪的胡杨
你的群山像骆驼静卧在我的古堡和落日之间

八十一、你的身体住着洁白的灵魂

你青天与大海熔铸的身体
我从未去过的高度和深度
时间迅速退后留下的星星的沙滩
浪花的舌头卷起千堆雪的地方
浩荡的天风和狂野的海啸里
住着你洁白的灵魂

巨大的水墙击倒我的酒量
我的鹰眼和利爪抓不住你盘旋的天空
俯冲　下坠　翻转　滑翔　呼啸
我听见闪电的鞭子把大地抽开一道裂缝
彻底埋葬一切的雪崩里
住着你洁白的灵魂

如玉一般贞洁的夜晚我赢得了你的心
你拿开月牙的插销打开月光之门
你让我坐在你的忧伤里追忆前生
如何让一座皇宫失火
如何让火回到自己高贵的身体
你的身体住着洁白的灵魂

你的身体是深夜的群山流着奶和蜜

山那边住着风暴　　山这边住着宁静

山脚下住着流水　　山顶上住着神灵

神灵晓谕我：我派你住进那地

那地是好的　　那地流着奶和蜜

那地住着洁白的灵魂

八十二、每天回到村庄

需要多少柳丝才能告别过去
需要多少激流才能奔向未来

一路上你的鞋带老是松开
你弯腰　像是拔掉一棵棵稗草

我们要奔跑不停
趁春风满坡李花如雪

更多的日光和月光会穿过我们
灵魂吹拂　我们每天回到村庄

八十三、幸福一夜

云朵　月亮　天空
全都在雨水里用皂角洗过
树和树在月光中相逢一笑
最后都成了恩人

盼望　沉思　委落尘泥
叶子落了　仍然抓住发亮的屋脊
你站在草上　我的心就落在草上
你站在风中　我的心就落在风中

身体和灵魂总在午夜苏醒
在每一个角落　睁开眼睛
几只小猫玩着一片枯萎槟榔叶上
月光的声响　直玩到不再有月光

月下西楼
菩提树不落花　只落露
我摇树　下了场菩提雨
看！我的爱　比露水还多

八十四、我们像金鱼那样相伴优游

滚烫的岩浆最后都变成了斑斓的礁石

珊瑚的丛林生长　海水的明镜流动

海带那么高的天空下有海藻那么宽的房子

一对金鱼在那里相伴优游

我们像金鱼那样相伴优游

分不清自己的情侣还是自己的影子

吻　扭动腰肢　吐一串串蓝色的泡泡

反复热爱每一片叶子上大海的反光

在无边的海水中抓住眼前的叶子

从眼前的叶子再到梦幻一般洁净的碎石

你身穿红裙游动　飞　锦心绣口吹气如兰

汹涌澎湃千年　一对精致的象征还在原地

八十五、我带了夜色前来与你相会

我带了夜色来与你相会

黑夜的壁纸上　只有你是一点明亮

你端坐　像一封被我拆开的情书

每一个字的嘴唇都在向我倾诉和颤动

房子一动不动

一动就有雪崩来临

你小心翼翼关掉那些野花的红灯

在黑暗中交出了你的钥匙

你的云和雨

抓住我的乱石和海拔向上攀升

你的泪花挂到我的绝壁上去

你舌头的悬梯要送我到十五的月宫

我带着黑夜来与你相会

在你大江的嘴唇点起烛焰

你的身体果肉般透明灵魂果汁般汹涌

我的种子藏在你无边春色的中心

八十六、你是那样丰腴和辽阔

相对于你丰腴的山峰辽阔的大野

我的云朵只是些贫穷和破碎

我在你身体上奔走

永远无法占尽那里的万里江山

我愤怒而绝望的峭壁有时直冲霄汉

有时一落千丈

而你还是那样丰腴和辽阔

携带密码的云试图走进

你的密林风声　小桥流水

它们最后的努力

不过是无边的青天和无望的爱情

你还是那样丰腴和辽阔

我的密码丢失在那里

我在那里只有一些不断远去的光阴

八十七、夜色沉重

每到黄昏她花园的喷泉开始喷水

她在泉水里濯足浣衣洗水罐

月光的胴体皎洁如银

从花园流出来洒遍天下

我开始在自己的每个角落苦苦思乡

似有女人争吵

金属一般的声音刺穿深夜的厚墙

站起来理理被泪水打湿的头发

坐下去像废墟溅起时光的尘雾

用反方向的美撕裂我的痛苦

异乡到处都是杨树在风中的私语

和我无关的人群

和我有关的对她的回想与盼望

念珠　老是发炎的疔疮　结罢的樱桃

重复的雨星　找不到地方降落闷雷

女人平静下去

背脊裸露　像监狱的钥匙闪动寒光

挥之不去的黑夜和爱相连

和远方熄灭的灯盏相连

像一副巨大的木枷掐住我的脖子

八十八、我突然对此心生敬畏

院门依旧而姻缘难觅
倚门回首的少女只留下一段青梅的香气
门上铃铛锈落　户外石对犹存
拔地而起的高楼已不是当年的门当户对

我突然对此心生敬畏
面对从爱情中提取的石头和门环
从石头中提取的鸾翔凤翥和龙蟠虎踞
一切都风化了　在永恒的时间面前不堪一击

包括我们曾经痴迷的肉体也终将速朽
我们曾经相依的灵魂也终将分离
古道上黄沙和季风仍在相迫
每年回来停在院门前的拴马桩上歇息

我们曾经相爱的院门终将物是人非
推开褪色对联的白发老妪进门
亮出鲜红横额的红衣少女出门
带着身体的檀香走进折扇一样打开的夜晚

八十九、我从远古飞来

你身体的山河绵延无尽
日子只是我梦想的翅膀
一遍又一遍掠过你版图上空的云朵
我的燃烧没有尽头　我的飞翔没有尽头

这样下去我终会累死
吐一个巨大的火球
带着天崩一头栽进你的地裂
地老天荒　我们的传说开始长出野草的花边

草是浅的　浅滩上浅水的流动是浅的
然而你还有星空和宗教　深山与断肠
月光的长发飘垂在你肉体的悬崖
我从远古飞来　围着你的一团光焰跳死亡之舞

九十、皇城根下的想念

她的歌声离开她的身体
在观众间飞呀飞
无数窗户打开经久不息的掌声
一个时代的眼泪下成了窗外横扫皇城的大雨

她是新时代的李清照和旧时代的黄昏雨
在优美的宋词和浅显的错字中飞来飞去
往事醉在花荫里　落花撒在灯影上
我变成繁体字才闯进她高高的城门

我看到自由从高墙飞出
落在历史的烟雾中去向不明
自由找不到她　只有童谣能把她喊应
她们像一对母女手拉着手向生活的晴天走去

在皇城根下想念她
有一种蟋蟀躲在城墙缝里独自振翅的欢悦
皱纹里的格律闪耀光芒
爱情向我走来　挺起饱满的胸脯抬起前额的月光

九十一、只有你的爱情能使我获得救赎

我拥有世界上最穷的高原最富的词库
而我还是无法娶你　每年春天
雪地一片银白　你紫胀着乳房飞过
到可可西里的夜空产下美丽的星斗和圣洁的白云
啊你这个小蹄子　用你的慢爱我千年
又用你的快　逃离了我的火药和霰弹的包围

你把牧歌和牧场都搬到银河西边去了吗
只留给我一片大漠　一座空城
太阳和月亮每天在我的废墟上晒着披风和手铐
沿国家公路　我只找到我的罪过和铁丝网
啊我的小蹄子 只有你的流星可以在我的沙漠上种出春草
只有你的爱情能使我获得救赎

我的罪孽是平原的冬天、山城的迷雾和海岛的台风的总和
我因为贪恋飞翔而把太多的阴影留在她们的泪水里
我盗走了她们月光的初乳只留下一个个夜晚的空壶
我游牧的道路是她们乳房上永难痊愈的伤痕
你是一头羊　痴痴地站在我荒原狼一样的孤独里
我的小蹄子啊　我爱你　我的罪孽使我的爱情更加深重

在我的射程之外　请继续爱我
在那个可以忘却我的地方留下爱的风向标
我要到我的子弹到不了的天空去归还我的子弹
牧放千年风雪　换得我的真身　加入你的国籍
你在天空的蓝绒布上撒满星星的金沙
我们又拥抱在一起掉进爱情的银河中去

九十二、我又一次到达你的身体

我又一次到达你的身体

我数次起飞和降落之地　黄昏覆盖其上

我的带胶煳味的轮子在警示灯的跑道上擦出火花

眩晕的雷达不停旋转寻找不同方向的心

灵魂迷路　几只恋旧的鸟儿飞过帝国的斜阳

避开金属大鸟起落的阴影

你的身体充满了山峦和波涛　候机楼里满是我的惆怅

我的灵魂不停地飞过像是完不成的告别

门一次又一次为我打开

往事回头　哼着歌子　人类的面孔像萤火流过

我不愿随时间而去

我要让我的人类、机票、道路和时间作废

而守着你　守着这个咖啡色的黄昏在我的热血里沸腾

守着你的侧影像母亲　背影像情人

等你转身　面对面向我走来像妻子

你臀部的面包和胸脯的厨房向我的饥饿呻吟着打开

你啊！劈开巨浪的女人　以一个金属般闪耀的机场

拥抱我后半生的天空和大地的女人

身旁放一个大海的背包的女人

里面装满了我的童话、神话和海啸的女人
装满了我涡轮发动机的心的气流的女人
你举起避雷针平息我的雷暴
你抱着我的球状闪电奔跑起来
就是南方道路上的烟月和轻尘

每当在远方想起你我就归去心切
北方、东方、西方都想飞向南方
金星、木星、火星都想飞向你
你永远宁静然而永不熄灭　你是家更是世界
你窗口的那点灯光是我一生的疼痛
你心口的那点疼痛是我一生的灯光
你是我在星空上闪耀的战功
你是我在大地上奔驰的疆土

九十三、杨树谣

别把你四合院的怀抱修成大道和高楼
我叶子的絮语没有那样的速度和高度
我要在你围墙内外慢慢落尽杨花和影子
我要在你高高的梦里开一扇低低的窗户

守着你的院子秋天落叶冬天披雪
守着你风的旧址、泉的地脉、心的家谱
摇月亮船而来　从码头起身穿过你的小巷
回到你的眼睛在那里开始我的涟漪、梦想和光荣

家园的标志　每片叶子都指向生活
多远的风都要回家　吹起明镜中的白发
夜晚为你掩窗　早晨为你开门
甚至献出我自己成为你的门窗和旧梦本身

牵手了分手　分手了牵手
悲欢离合的阵风拥有遥远的花香和沙子的抽泣
放下一切你捡起自己散落在异乡的碎片
闭上眼睛你看见我仍然等你在故园的风中

九十四、麦冬的表姐

有时你是麦冬的表姐

在看透世界之前　你首先透明

一种健康的药香散发在广大的人群

你拥有去圣城的车票

你叫人们如何避开泥石流、地震和疾病

取出生长在圣地净土里的手

靠近你南方天空蔚蓝的薄唇

你　麦冬的表姐心里干净

从不同的角度　你看到舍利子的五光十色

正在大明寺的屋顶饱放光明

每天大海都在翻腾不息

我是一只千年石在里面修行

请让我把头颅套进你咒语的枷锁

请在佛陀面前祝愿我变成你的好人

前来偿还我前世的孽债或与你共享人生

作为药你已经治不好你自己

我愿把大海炖成药汤献给你的相思病

熬成情人　把带泥土的麦冬挂在门上

反复为你发烧　说胡话

反复被你在佛陀面前的祷告治愈

做人并不比做云更加高级

只是做人离你与你的佛陀更近

像你脖子上佛珠的沉默玉腕上银铃的回声

像佛的掌心一朵火苗的宁静

我蜡烛的肉体全都化作敬向你和神灵的光明

九十五、有时幸福需要等待

你的慢第一次在我的高速路上飞驰
你说你迷路了　你的泪水再次裸露出来
我像一位糊涂的牧民独自纳闷
是捡到了一截绳子　还是丢失了你身体的马匹

我雨夜的怀抱遥远而空洞
那里有一座风暴中的机场无法起降
但你每次还是携着风暴朝我的风暴奔去
以致我们的风暴拥抱着分不清边界

然后我们又站在远处致命地埋怨对方
致命地想念对方　用过去的风暴炸开岩石的心
炸开贫穷中的棉朵

相隔虽远你毕竟是我的小棉袄啊
不仅贴心　而且贴身　然后你要幸福地想
有时幸福需要等待也需要一点迷茫

九十六、受难者或幸福者

女人啊　我苦海中的行船
也是我鼓满激情和天空的船帆
把我推向苦难或幸福的远方
寻找霞光的天空　也要寻找黄金的海岸
你是我的恩典却把我撕裂成海鸥的纸片

大海在争夺中轰然解体
海枯石烂了　你终于得到了我的荒凉
我已经出走到另一颗星球去
我回不来了　只能用我孤独而遥远的星光
去你后半夜的失眠中踱步

而没有你　女人啊
我怎么能超越自己的局限
用天河之水洗净自己的罪恶之身
我的心在你的温情和烈火中炼成钻石
我命中的女人啊　我的心始终向着你

它有两个偏心率　两个轨道偏角
因此它依然在不停地摇摆和震颤
似乎还会从天空掉下来　用洪水推开你
为了遗忘　也为了捡起
我水手的身份　那从你嫁衣上掉落的纽扣

九十七、你的母性

你的母性啊　是从你青瓷的肌肤而来
还是从你肉体的弹性而来　还是从你形体的流线而来
一朵落花的脆弱都可能使你春水泛滥
沿着雨季的母亲河　我找到了你的古都
皇冠上还有王谢堂前的燕子在飞翔
向前　是群鱼骚动的茫茫水乡
再向前　是由无数杨梅吻在一起的嘴唇构成的梅雨天气

要把你的母性绝对分离是徒劳的
甚至分不开哪是你对异性的迷乱哪是你对万物的爱抚
你的神智完全关闭　眼前一片漆黑
像一个软体动物只是徒劳地在自己的本性中蠕动
你的手上有你的舌头　你的汗珠有你的眼睛
你的一秒钟的颤动里有祖先十万年的历史
我只有服从爱的意志用江河的柔情把你整个地溶化

我携带着你有时奔腾咆哮有时静静流动
吐出雄峻的山峰无际的平原幸福的村落
吐出船只　从幸福开始　到幸福停下
把世界的里里外外爱个遍
让沙子的内心充满水分
搬掉石头内心的石头让它说话
从根开始经过叶脉帮助黑暗用花朵找到光明

九十八、我要以火的名义娶你并爱你

没有你我很快就会枯死
危险日益逼近　我的大陆和次大陆
我的棕榈和繁花坚守的白天和夜晚
你要说话　在我人生的干旱之年
我渴望听到你冰川崩裂的声音

取出我存放了亿万年的石油只能加重我的火灾
我的爱救不了我　我需要你就是火需要水
我需要冰冷的美丽拯救我燃烧的灵魂
我只能存放到你水性的母体之中
或者裁剪成火红的舞裙穿在你女性的水体之上

被我融化的女人　我要以火的名义娶你并爱你
用朝霞染红我胸中的高原和盆地
娶回你这个每天像赛里木湖一样波光粼粼的女人
我要为你点起敬神的香灯
我还要涂在你性感的嘴唇上使你的亲吻更加热烈

九十九、我们要去的地方

大山必是我的靠背

一头猛虎正要沿着我的脊背下山

我端坐在你的山水里强健而威严

我的王风吹远鸽子和老鹰的翅膀

每到黄昏我收起英雄的心

把宝剑放回刀鞘悬挂在你的柔情里

烟月的帘子后面坐着你　我的女人

比起你的美德　我显得十分暗淡

比起你的深宫　我显得十分肤浅

坐在圣水的中央　你是红莲中的隐忍

走在积雪的山巅　你是雪风中的经忏

你把自己修成一条月光的道路通向众神的家乡

在你那里　我已经完成自己的尘世之身

我的王国十分快乐　每一朵鲜花都有自己的欢歌

我们富足　上有神灵　下有春夏秋冬四个王子

一年四季换防我们东方西方南方北方的边疆

亚热带季风性气候每年在我们的迎风坡落下丰沛的雨水

我们的岁月从此交给燕子们用精致的雨丝去编织

一百、爱情的道路漫长

六月的洪峰匆匆穿过巨大的情网
我们的青春如此短暂如此难防
谁在古老的大地上掘出一堆堆新土
铁锹锋利　晨光铮亮
从湘江的流水里扶起你高高的天空

银杏一般的女人　你从衡山的丹霞寺醒来
用一部经典　翻开所有下山的道路
一路行来　飘然如轻音乐
你衣袂飘举如洁白的灵魂
在鸟雀的赞美里开始新一天的工作

而我将从你的正殿出发向思想走去
从你的后殿出发　向月光索要你的情书
用你闪亮的尺子　重新丈量世界
作一只顺从的老虎退隐在自己的花斑里
作一颗叛逆的枣子爱你爱得呛血

人生苦短　爱情的道路漫长
北环大道从来都没有松动过它的怀抱
在这座爱情的城市　它因为闯红灯而被刮伤
但它不会放弃你　哪怕你变成时间的深渊
我就跳进深渊里成为你的最后一个蒙难者

集外　诗论

诗歌之远

　　站在近处指指画画的是地产商，站在近处但面朝大海的是海子。海子名诗《面朝大海，春暖花开》写凡间生活，有幸福、喂马、劈柴、周游世界，有粮食、蔬菜、房子，海子的姿态却是"从明天起"才去关心，他实际上把凡尘的东西推远了，让自己站在一个离生活有一定时间距离的远处。还有空间距离：即使到明天有了房子，也是人在曹营心在汉，人在房中心向大海，海子就这样把自己推得更远。

　　一个诗人的肉身在近处，灵魂应在远方，他与生活有适当的距离，才看得见别人所不见，才有超越俗人眼光的预见和真知，也才有个性和独立的表达。这种姿态，用法国作家米兰·昆德拉一部小说的名字来说，叫"生活在别处"。

　　远方是每个诗人都必须面对的命题。它提醒我们不要两眼紧盯眼前，而忘记了遐想、梦想，甚至是胡思乱想。要写出好诗，写出平凡事物的新意，一个诗人必须站在远方眺望凡尘。

　　秦桑有首诗叫《召唤》，就把近处的生活写到远方去了。作者眼光是远的，看到了"世界的终点""远方的山峦"；作者的心也是远的，"远方的山峦都是我深心的至爱"。千万别小看这些话。我问过许多中学生，你究竟喜欢什么？有的摇头，有的回答上网，有的回答周杰伦。周杰伦会唱歌，人也帅，他的声音和形象，我们听得到、看得见。但周杰伦再美，有一座地平线上的远山美吗？这个比较可能有点牵强，但我们的趣味，除了爱歌星，是否还应添点远方的东西呢？秦桑有这种趣味儿，所以她需要一片土地，不是种粮食和蔬菜，而是经过辛苦浇灌，"升起潮湿苦涩的清香"；她需要一方池塘，不是养鱼养虾，而是养"星星"。"红莲"也主要拿来开花，不是养藕，然后抠出来炖排骨莲藕汤。珍珠不卖，而用来看它从水底发出的幽光。秦桑把她所看到的山峦、土地、池塘写远了，就跟陶渊明把南山写远一样，"草盛豆苗稀""衣沾不足惜"不是苦而是美，诗人才能小心护着自己的心"但使愿无违"。

且看余光中悼念蒋经国的《送别》：

悲哀的半旗，壮烈的半旗，为你而降，/悲哀的黑纱，沉重的黑纱，为你而戴，/悲哀的菊花，纯洁的菊花，为你而开，/悲哀的灵堂，肃静的灵堂，为你而拜，/悲哀的行列，依依的行列，为你而排，/悲哀的泪水，感激的泪水，为你而流，/悲哀的背影，劳累的背影，不再回头，/悲哀的柩车，告别的柩车，慢慢地走，/亲爱的朋友，辛苦的领袖，慢慢地走。

余光中享尽蒋家王朝的富贵，对蒋经国感情深厚，这不足为怪，也不必指责。但他与蒋经国站得太近，也写得太近，很多东西反而看不清楚。特别是他看不到自己的心，仅用几个干巴巴的形容词，没写出心中的泪水，心中的哀鸣，因而这是一首失败的诗。优秀诗人的心应是千里马，必会驰骋。仅几个形容词，说明心是死的，发出来的声音不能给人留下余韵。同是写领袖的诗，柯岩《周总理，你在哪里》比余光中写得好，尽管此诗也算不了上乘之作。

诗歌要留下空间，在场的要写得不在场。纵使在场具体，也要把读者推远一点，让他们去当梦想家和审判官。

雅姆是 18 世纪法国著名诗人，虔信上帝，一辈子生活在乡村。他的这首诗，极尽描绘乡村生活之能事。请看他的《带着你蓝色的伞》：

带着你蓝色的伞与肮脏的羊群，/穿上乳酪味的衣服，/走向小山丘的天边，挂着/用金雀花或橡树或枇杷树制成的拐杖/你跟随粗毛狗与由耸背驮负着/失去光泽的水壶的驴子。/穿过村子里铁匠的门前，/然后回到芳郁的山头/让羊群四散成白荆棘般吃着草。/就在那儿，山岚旖旎虚掩峰顶。/就在那儿，翱翔着颈部褪毛的秃鹰，/暮霭中燃起赤红炊烟。/就在那儿，你静肃地注视/上帝的氛围弥漫于此广袤天地。

伞的颜色，衣服的味道，挂的拐杖，跟了什么，驮了什么，路过什么地方，都写得太真切了。但是会读诗的人，会看到雅姆的重心不在凡间的这一切，而是在"小山上的天边""芳郁的山头"所见，特别是最后那句话上。雅姆写了一个人朝圣的过程，必须经过尘世，最后抵达上帝身边。这是一个把凡间生活写远的典型例子。

再看海子的《远方》：

远方除了遥远一无所有//遥远的青稞地/除了青稞 一无所有//更远的地方 更加孤独/远方啊 除了遥远 一无所有//这时石头/飞到我身边//石头 长出 血/石头 长出 七姐妹//站在一片荒芜的草原上//那时我在远方/那时我自由而贫穷//这些不能触

摸的 姐妹/这些不能触摸的 血/这些不能触摸的 远方的幸福//远方的幸福 是多少痛苦

海子似乎走得更远。雅姆的远方和住处还有上帝。海子的远方，开始远处的青稞地还有青稞，再往远走，就只有孤独、石头、荒芜；这些东西，既是幸福的，又是痛苦的。海子的感情是分裂状态，不像雅姆因为有信仰，所以单纯、执着、宁静。海子的内心是复杂的，摇摆的，狂躁的，时哭时笑。但不管怎样说，他们都是站在远处看人世间的生活，他们的诗，都是好诗。

诗歌要站在远方才看得见、看得准近处的生活。因此我们要像雅姆那样，带着蓝色的雨伞，到山上去。因为站得高，所以你成了高人；因为站得远，所以你是飘然的隐者。诗人通过这种生存方式，获得了遗世独立、羽化登仙的思想和才情。

诗歌的自闭与自救

一、例证：当代诗歌原创性的丧失

多年前，笔者发现自己一首诗作被赫然抄袭。"在秋天的老槐树下/我把十圈青春的光环镶进年轮""我们没有太多的愿望/有若一枚分币/只要孩子们捡起，我们就有价值"（见季风《十岁——写给自己的十年教龄》，《星星》诗刊，1994 年 11 月号）。此诗抄自一首获奖诗歌："打钟人在老槐树下/敲响锈迹斑斑的九月""我们就像一分硬币/落到哪里都不企求回应/只要孩子们捡起/我们就实现了自身价值"（见于元林《我们的秋天：教师节》，《诗刊》，1994 年 1 月号）。《诗刊》与《星星》都是当时名刊，这个以人民教师的身份光天化日之下公然行窃者如此恬不知耻，实在令人咋舌。

从那时起，笔者开始关注诗坛的抄袭现象，《星星》自然成了重点。笔者发现，像季风那样剽窃至名刊署上自己名字发表的文偷虽不多见，但隐形剽窃者实不算少。

"在桃花嫁给春天之前/在名叫胭脂的姑娘吐出快乐的舌头私奔之前/在把处女的经血溅在春天的脸上之前/在雨水前/在头晕前"，这是摘自 2002 年《星星》上的一首诗作片段。且看海子笔下的桃花："温暖而又有些冰凉的桃花/红色堆积的叛乱的脑髓//部落的桃花，水的桃花，美丽的女奴隶啊！"（海子《你和桃花》）"你在一种较为短暂的情形下完成太阳和地狱/内在的火，寒冷无声地燃烧/生出了河流两岸大地之上的姐妹/朝霞和晚霞"（海子《桃花时节》）。桃花—经血（鲜血）、桃花—姑娘（女奴隶、姐妹）、桃花—私奔（叛乱）这三组核心意义链，基本没有跳出海子诗歌想象与立意的模式。该诗人还有一首题为《四月》的诗歌，开头写道："敞开大门的四月/饥饿的胃万箭钻心/空空荡荡的四月/一座庭院在山坡上怒放/空气中荡开阳光的甜味。"海子也曾以花的怒放写人的饥饿："他看见全是大地在滔滔不绝地纵火/他在一只燃烧的胃的底部/与桃花骤然相遇/互为食物和王妻/在断头台上疯狂地吐火。"（《桃花时节》）。试再比较此诗人的《四月》和海子的诗句：

"半醒半睡的花蕾/赤条条的树枝一丝不挂/无论白天黑夜不知羞耻"

——《四月》

"部落的桃花，水的桃花，美丽的女奴隶啊/你脱下像灯火一样的裙子，内部空空/一年又一年/埋在落脚生根的地方"

——海子，《你和桃花》

"我不是向你索要一个一尘不染的/少年　我是向你索要一柄利剑/直取我的生活""四月　波浪和弧形/四月　无遮无掩无牵无挂的旅行者"

——《四月》

"你就是桃花，层层的波浪/我就是波浪和灯光中的刀"

——海子，《你和桃花》

桃花一丝不挂与海子写其"脱下……裙子"，向桃花索取一柄利剑与海子写"我"是桃花浪中的刀，取意都极为相似，不算剽窃，也算笨拙的模仿，且并没有超出海子的水平。

对当代诗歌稍有阅读量的读者，也许都有共同印象：不管打着什么旗号的诗歌，越来越少早期诗人的那种鲜活、奇峻与天真，后来者对于开拓者模仿与复制的赝品无处不在。题材重复，意象重复，想象雷同，立意相似……充斥诗坛的伪劣诗作千人一面，令人畏而远之。

尤其是现代主义诗歌，多用象征和隐喻来构建语境，意象和意境重复趋同的概率增大。而一个有创造力和生命力的意象，如果被其他人在同样的话语场景中重复使用，只会带来诗歌语义和语境的渐趋枯竭，以及想象力的僵化、停滞甚至丧失。本来以回归自我、张扬个性，以放弃公共话语、建立私人话语为旗帜的现代主义诗歌在后来的创作中似乎背离了初衷，走向了自己的反面。

西渡写云："当一朵云在天空中经过，我身上的某些部分/

就会隐隐作痛，像是一个秘密的器官/被偷偷摘去：我似乎能听到一声召唤来自天上/并感到一阵永恒的渴意。"（西渡《云》，见《星星》诗刊，2002年8月号）。云代表了人对形而上神性的渴望，后来者如果还在此立意上写云，就有重复之嫌了。如："乌云从海上来/裸体/身后带着巨大的马队……//乌云一阵又一阵/就像我们这个街市的欲望//半神走了/真神将会来到身边。"（见《星星》诗刊2002年10月号）。云—神（天使、上帝）—欲望（渴意），两诗的意义系统大致不差，后来者就没有超过始创者，不管两诗其他局部的细节有何不同。

还有一种虽题材相异，但立意设境十分相近的诗歌，需要仔细一些才能辨别。一位诗人以巫女写女子倾城之魔力："唱歌的巫女洞穿洪水和水的魔镜/停在太阳栖歇的山洞外，短翅膀的鱼/住在她的额头，清水荡漾在她小小的腰上/燃起星辰的香火，天墙即裂了一道窄门//从她的恍惚间。下降的时光让她成为飞翔的妹妹，从青草的纤纤之指/探寻水盆中，门缝后变大的火焰——"将海子的《亚洲铜》中的诗句与之对照："亚洲铜，亚洲铜/爱怀疑和爱飞翔的是鸟，淹没一切的是海水/你的主人却是青草，住在自己小小的腰上，守住野花的手掌和秘密"……可以发现，巫女的静象（"短翅膀的鱼/住在她的额头，清水荡漾在她小小的腰上""从青草的纤纤之指"）与海子诗中青草的静象（"住在自己小小的腰上"），巫女的动象（"下降的时光让她成为飞翔的妹妹"）与海子诗中鸟的动象（"爱怀疑和爱飞翔的是鸟"），巫女的探秘（"探寻水盆中，门缝后变大的火焰"）与青草的守秘（"守住野花的手掌和秘密"）在想象上均属同构。

近些日子，关于某名诗人公然抄袭国外诗人和国内不成名诗人作品的争鸣，似乎又把诗歌创作的这个话题提上议事日程。对这个问题的关注和清算，似乎永远在路上。

二、关于传达与交流，以及现代主义诗歌的自闭

早在 20 世纪 80 年代初，徐敬亚在一篇题为《崛起的诗群》的论文里，探讨了当时中国诗坛的现代主义倾向。他看到的是与欧美相比，中国现代主义诗歌在产生根源、艺术主张和表现手法方面的不同。如果在当时，这些不同确为事实的话，那么后来经过多年的交汇与融合，中国与世界诗歌创作的现代主义倾向如此趋同，步调如此一致，特性如此同质，其差别已不再如当初。这样说，其意不在指责中国诗人崇洋媚外食洋不化，也不是盲目歌颂中国诗歌走向了世界，而是为了说明，既然我们不能拒绝文学在世界范围内的交流和影响，那么就没必要回避它，更要警惕随之而来的种种问题。

关于现代主义诗歌，有两位评论家的说法值得注意。一位是美国麦克斯·伊斯特曼在《文学家的心灵》一书中的观点。他说："作为（现代主义）诗人，他们可不愿意告诉我们。……他们讨厌传达活动。……每一个写过诗的人都知道，为了把他的诗传达给别人，他往往不得不牺牲掉在他看来又清楚又可贵的一种价值。抛开那种动机，抛开那种动机所带来的限制，你就会发现，你写的正是现代主义的诗。"英国评论家格·霍夫则说："于是，现代主义诗歌就不是在（传统史诗的）雄伟壮观的形式中，而是在极度受限制的形式中寻求自己最完美的表达方式；不是在公众的言辞中而是在内心的交流中表达自己；甚

或根本不在交流中表达。在关于抒情诗的许多定义中，极有名的 T. S. 艾略特所下的一条：诗人声音里的抒情诗是对自己倾吐，或是不对任何人倾吐。那是一种内心的沉思，或者说那是一种天籁，它不顾任何可能存在的言者和听者。过去一百年来，这种概念一直居于我们对诗歌的感情的中心。"（以上引文见《西方现代诗论》，杨匡汉、刘福春编。）

再也没有比这更准确的概括一下子抓住现代主义诗学主张的实质性内容。而我们知道，这种诗歌观念，特别在近几十年的发展历程中，已经自觉不自觉地进入中国诗歌的血质，从而成为当代中国诗歌审美体系中的重要部分。

作为一种诗歌潮流，现代主义的历史功劳有目共睹。它一反现实主义的机械写实和浪漫主义的滥情煽情，由外在世界的表面描摹转为内心世界的深刻挖掘，由大喊大叫的抒情转为声色不露的隐忍，去除传达过程的伪装，表演角色的做作，内心的沉思更为直接地呈现出天然之态。但是一个应该引起重视的危险是：一旦现代主义把这种主张推向极端，完全排斥传达与交流，其创作就可能关闭朝向生活和读者的通道，诗歌则沦为一种梦呓的技术。严重时可直接导致诗人的自闭症候：感受力退化，想象力枯竭；内心麻木，对同类的境遇漠不关心；艺术原创力减弱，只好重复炒作故弄玄虚。

从理论上说，诗歌要完全弃绝传达和交流是不可能的。语言本来就起源和服务于人与人之间的传达与交流，直接或间接地展现人与人、人与自然、人与社会之间的关系。我们不能想象，割断了与他人（读者）、与外界（生活）的联系，不用来交流和传达，只用来自言自语的语言是一种有生命力的语言，会永存于世。从语义发展和更新的规律来看，正是在传达和交流活动中，一种语言才显示出最富生机活力的那部分语义，一种抽象笼统的语言形式才转变为被生命义和生活义所不断灌注的言语形式。从创作发生学的角度看，一首诗歌的诞生离不开作者在他面对的大千世界中去截取鲜活的语义，尽管截取方式很多时候是心灵的而不是记录的，但他不可能完全没有传达的意图、策略，只不过一个注重心灵写作的诗人，这类传达与交流活动更加隐而不露。而一首诗歌如果是鲜活的，那么它一定是跟读者、跟人类、跟世界都能够产生广泛关联的语言，读者能够从它提供的某些切入点进入它描绘的广阔场景里，而所谓的审美共鸣其实就是诗歌作品与读者之间成功地进行交流和传达的有力表现。

现代主义诗学放弃传达和交流，其中一个重要借口是负有这种功能的语言，一定是公共神话和公共语言，不利于表现个人及内心。究其实，所谓的能够入诗的私人话语并不是不能用来传达和交流的，因为它既然成为文学作品，说明还是可以被读者解读，至少可以被感知，尽管这种解读和感知在现代主义作品中往往是不确定的和多义的。或许可以说，让不能传达和交流的私人话语获得文学的资格只能是文学的谵妄。

一些自言自语式和痴人谵语式的优秀诗歌，即使作者的姿态不是传达和交流的，但作品本身对外界（读者、生活、社会、自然）是敞开的、关联的，因而从客观上或本质上说也是交流的和传达的。它们具备了与读者进行审美沟通时的客观条件——读者能从诗歌中读到人的灵魂，人的七情六欲，人的生活投影，人的象征境遇；能读到个性化的生活及心理中人的共性，读到混乱中的有序，潜意识中的显意识，常态中的变态或变态病态中的常态。海子有关麦子的诗歌是传达的、交流的，因他的麦子传达了人的灵魂的幸福和苦痛。我们不难读懂"月亮下/有十二只鸟/飞过麦田/有的衔起一颗麦粒/有的则迎风起舞，矢口否认"。一幅尘世生活的抽象派素描，场景如梦似幻，令人入耳动心。

语言之所以称为语言，正在于它有对混沌的事物做出界定的能力，语言的多值不是没有可能，但语言的无穷值就是神话。"桌子"一词可指实物，也可以是象征，即使是象征，也有相对确定的语境义，它的意义绝不会是无穷的，比如，能说桌子就是锅铲吗？由此看来，语言的增值过程显然不是可以武断地强加的，它必得有一些用定值搭成的桥梁，作为通向读者和引向外界的中介。在诗歌文本中，则是靠设置意境以使其常规义或公共含义以外的义项突显，通过读者的阅读活动，由读者本人去完成对这些增值的非常规义的揣摩领悟。这个过程绝非单方面的创作行为，而是一个作者与世界、读者与作品交流传达的社会文化行为。如果作者设置的语境读者无法搬掉交流的障碍，所谓诗歌语言的增值只是诗歌作者的一厢情愿。

由于现代主义诗学理论的误导，很多诗人不屑于与外部世界沟通，一味沉溺于个人的冥想和潜意识的挖掘，不能用社会生活语义场中的活语言来刷新自己的私人话语和职业话语，诗歌语言越来越失去活性，变得干枯无味。不能从生活中提炼诗，就以诗作诗，为诗而诗，重复别人的意境想象，诗坛上充满了这种"诗人腔"：或者干巴巴地坐在诗歌场景中，翻读诗集，"树下的稿笺上/便落满了平平仄仄的叶子"；或者充满了罗曼·巴特式的玄想，哲学语言学心理学的术语满天飞："所谓/伊人并非'就是'也不是'似乎'，但似乎就是/诱人的气息刻意被做旧/你更甚于想象的幻想之鼻/深埋进往昔，你呼吸的记忆//近乎技艺，以回味的必要性//凭空去捏造又像幽香的/或许的忧伤……"一个美丽的伊人，落在该位诗人笔下，就只剩下干巴巴的"似乎""技艺""必要性""或许"诸如此类的实词和虚词，这实在比看一个医生把伊人杀掉，向我们展示她血淋淋的内脏还要难受。一首诗，如果就剩下诗人自己，以及一堆被掏空了内容徒具形式的方块字，语言的增值又从何说起？

有一类山水旅游诗，猎取一点风景资料，花花草草，写游山玩水之闲情，发寻古觅踪之幽思，很难有佳作。原来诗人们在诗歌中传达和交流的，乃是一种贵族化的萎缩了的旅游生活和旅游心态，而与人类的当下状况差之太远。严格说来，这类诗仍是寻找的诗，制作的诗，而不是生活的诗和生成的诗。诗人与诗歌，仍然没有走出自闭的和格式化的状态。我们不会把李白的《蜀道难》《梦游天姥吟留别》看成风景诗、旅游诗，因为这些诗作是李白个人经历和内心经历的写照，是生活之诗和命运之诗，诗歌中有发自内心的赞叹、啸傲和刻骨铭心的悲哀，与目前那种不痛又不痒的诗歌相比，是两个境界。

诗人与诗歌的自闭状态是危险的。在切断了生活语义场的道路之后，一个个本应从生活中来的活鲜鲜的词，语义逐渐被陈式化，抽象化，空心化，而逐渐走向诗义的死亡。因此，我们得重新审视现代主义诗人当初放弃和反对的东西，哪怕他们认为这种放弃和反对能够给诗人带来自负的资本和高傲的姿态。

三、可能的自救之路：向外转，回归生活

新时期以来，中国诗歌由反抗极端，走向对自我和个人的关注，这是一大解放。然后由关注自我与个人，发展为关注自我的潜意识、性意识及语言本身，虽在一定程度上和一定范围内拓宽了诗歌的艺术表现空间，但毋庸讳言，诗歌的内容和题材也因此越来越窄，在一些问题上，易走极端的诗歌为彰显个性，放不下"否定一切""打倒一切"的心态和非此即彼的思维方式，把一些常识抛至脑后。重提生活是创作的源泉，对于目前那些空虚浮泛，既无生气又无人气、恍若游仙游魂的诗歌，仍不失为忠告。

承认生活是创作的源泉，并不意味着否定个人及内心在创作中的地位和作用。实际上，诗人个人的思想情感独立判断从来就不可能缺席，传声筒、录像机式的作家不是真正意义上的作家。但尊重作家个人的主体地位，也并不意味着他就要活活切断与外界的通道，把自己封闭起来，只须一支笔、一点纸墨再加一个胡思乱想的脑袋就可炼出语言的仙丹。真正不朽的作品不是这样产生的，而首先是作家介入广阔的现实生活，经受生活的历练，炼成了他的内心，他的人格，他的皮肉，他的骨骼，然后提起笔来喷薄成诗。

好诗靠生活与命运生成，而不是靠单纯的幻觉或通灵术炼成，更不是用阅读别人好诗的印象凑成。诗人无论在社会生活中，还是在写作状态中，都得在他的内心完成与他的人生境遇的真切交流。在创作时，因他选取的意象设置的场景是从自己

的生活经验中分离而出，他就可能走出公共话语（包括别人话语）的语义，进而使诗歌获得私人语义的增值。海子写桃花，赋予其崭新的象征意蕴，相对于前人写桃花，是海子私人语义的增值。如果后来者仍用海子的象征来写桃花，则是别人语义的重复，是诗歌的歧路和绝路。如果要使桃花产生新义，这时就得借助崭新生活场景和经验的灌注。试看一位诗人写的桃花：

"爷爷，我看见了桃花/无边无际/而我缓缓掠过/就像一阵充斥宇宙的/风沙……"

"没有边界的花海里/也需要方向吗？/你是带领我还是/跟随着我？/我失去了形体所以/没有感情只有宁静和/凄凉"

"可是爷爷/那是片美好的桃花/美得不需要知道/它们从何处汹涌而来又扑向/何方/不需要知道/它们是如何一点点的生长/又会如何/在我离去之后/继续美丽或者回归到/苍白野旷……"（皮军《爷爷，我看见了桃花》，《星星》诗刊，2002年第1期）

桃花不再是海子的，而是生命中不可挽回的美丽和忧伤的象征。借追悼死去的爷爷这么一个生活场景呈现出来的桃花，获得了新的审美意蕴。

个性与情趣是诗歌的生命，而个性之诗情趣之诗往往得益于生活与命运的赐予。法国象征主义三位大师之一的兰波，年少时离家出走，步行去巴黎，参加过"巴黎公社"起义，后来告别诗歌，去非洲当了军火商和象牙贩子。"我幻想着，脚心感到一股清凉/小风正流过我的光头""唯一的短裤带个大洞/我是梦想的小拇指/奔跑着撒出/诗韵"，这些感觉极为细腻清新的诗句，没有兰波那种无拘无束的流浪生活的孕育，是写不出来的。兰波自称是一个"通灵者"，似乎是个强调内心作用的诗人，但他的通灵得有一个生活背景，缺了这一点，再是天才，我想他也通灵无术。西川这样评兰波："在重要的现代主义诗人中，兰波并没有发明或创造任何的诗情模式，但他把旧的诗情彻底翻了新。在这一翻新的过程中，兰波东游西逛的生活方式给他的写作带来了强力的支持。""兰波所用的词汇，多属农业社会，但他以青春为本钱，把那些本来有可能指向陈词滥调的词汇点化为语言奇迹。这种本领任何人都学不来。"在我看来，兰波的本钱是他的生活，正是他的生活和命运与他的才情结合赋予了他的语言奇迹。兰波的奇迹难以重复，因为别人难以重复他的生活方式和生活境遇。任何一位有个性的诗人的生活方式和诗歌风格都难以重复，重复者往往给人以滥情的感觉。海子在安徽的童年少年时光，在昌平的孤独，别人难以重复，别人就很难写出他笔下的麦子和柿子树。他们的诗歌有他们丰富的生活境遇来涵养，他们的诗句才那么活力四射。

因此一个高明的诗人，并不以臆想作为他的全部本钱，他往往能敏锐抓住内心及其个人以外的场景，经过他内心的纯化改造，而成为他诗歌里富有生气的文本语境，他的思想情感，就会有特殊的意象意境以特殊的方式来呈现。古往今来，爱情题材的作品浩如烟海。为什么好作品仍然层出不穷？概因每部好作品里呈现的恋爱场景有别之故也。且看昌耀写爱情：

"她从娘家来，替我捎回了祖传的古玩／一只铜马坠儿，和一只从老阿娅的妆奁／偷偷摘取的乾隆通宝／／说我们远在雪线那边放牧的棚户已经／坍塌，唯有筑在崖畔的猪舍还完好如初／像一排受难的贝壳／浸透了苔丝／／说我的那些古贝壳使她如此／

难过"

此诗中的象与境，写实痕迹非常明显，但意义并不死板。用铜马坠儿、铜钱来隐喻时光辽远、人事代谢，用棚户猪舍来见证时光无情、历史辛酸和人生彻痛，一个女人的爱的荒寂与深情，通过这些生活意象写得那么具有张力，足以对读者造成深深的情感震撼和强大的审美冲击。朴实的生活意象运用得好，就有这般神奇之功。

新时期文学的发展历程，评论家鲁枢元先生简洁而准确地概括为三个字：向内转。就诗歌目前的迹象而言，不少诗人似乎在自己的内心呆得太久，脸色苍白，营养不良，几成自闭，是否有必要带着自己的内心转到外面去换一换新鲜空气？为此，我们必须重新审视被我们淡忘已久的生活，回到我们一度轻慢以待的创作常识：向外转，善待生活，去生活中领受诗歌久违的风景和果实。